W0300285

Le jeu :

La Traque

Jean-Luc Luciani
Illustrations de Didier Garguilo

Le jeu :
La Traque

RAGEOT

Un grand merci à Florence Rech
qui a su jeter un œil plus qu'attentif
sur mon chantier d'écriture.

ISBN 2-7002-3218-6

© RAGEOT-ÉDITEUR – PARIS, 2006.
Tous droits de reproduction, de traduction et d'adaptation réservés pour tous pays. Loi n° 49-956 du 16-07-1949 sur les publications destinées à la jeunesse.

« Si vous désirez une image de l'avenir,
imaginez une botte piétinant
un visage humain… éternellement. »

George Orwell, *1984*.

Première traque

Samedi 27 juin 2037, 22 h 13 temps universel.
Archipel du Frioul.

Sistus arriva au sommet de l'île et s'accroupit un instant à l'abri d'un rocher pour reprendre son souffle. Il restait un peu moins de deux heures à tenir, mais la meute des killers se rapprochait sans cesse et il commençait à s'épuiser. Tout en essayant de garder son calme, il fit le point de la situation.

Devant lui, un peu en contrebas, se trouvait le killer le plus proche, celui qui avait failli le coincer quelques minutes plus tôt. Sistus l'entendait respirer bruyamment tandis qu'il grimpait à sa rencontre.

Avec leurs lunettes infrarouges les killers avaient un net avantage sur lui, mais Sistus possédait également un atout. Il n'avait que seize ans et ses poursuivants, avec quarante ans de moyenne d'âge, s'essoufflaient beaucoup plus vite que lui. La pratique régulière d'une activité physique n'était qu'un lointain souvenir pour la plupart des killers qui menaient une existence casanière, se contentant de regagner, une fois leur temps de travail-repos effectué, leur domicile. Le reste de la soirée, ils se connectaient à leur récepteur de mondio-vision.

Deux autres killers, sur sa droite, étaient en train de remonter la digue de Berry, lui coupant ainsi une possible retraite vers l'île Pomègues. Sistus voyait les petits points rouges de leurs lunettes scintiller dans le noir à une centaine de mètres de lui.

Ces deux-là ne représentaient pas un danger immédiat, pas plus que le killer resté à l'embarcadère, sans doute persuadé que Sistus tenterait de le rejoindre afin de quitter l'île. Il n'avait par contre aucune idée de la position du cinquième et dernier killer. Celui-ci s'était montré discret depuis le début de la traque. Peut-être s'était-il tout simplement perdu sur l'île ?

Sistus ne pouvait rejoindre le village abandonné sans prendre de gros risques et l'ancien centre de vacances, un peu plus sur la droite, était un véritable cul-de-sac. Il n'y avait qu'une issue possible.

« Il me faut partir de ce côté, se dit Sistus, et rejoindre l'hôpital Caroline. Une fois arrivé là-bas, avec un peu de chance, je trouverai une bonne cachette pour patienter jusqu'à minuit. »

L'immense bâtisse en ruine se découpait dans la nuit, éclairée par les projecteurs surpuissants du port de la République Libre de Marseille. Sistus jugea que trois cents mètres le séparaient de l'entrée de l'hôpital où l'on soignait jadis les malades atteints de la peste.

Sistus était à découvert, mais le killer le plus proche n'avait pas encore terminé l'ascension de la colline rocailleuse. Ses chances de parvenir sans encombre jusqu'à l'hôpital étaient bien réelles.

L'adolescent prit une inspiration profonde et s'élança. Courant le dos courbé, silencieux et rapide, il couvrit la distance en un peu moins de cinq minutes. Le plus difficile était fait, restait juste à trouver une planque d'où les killers ne viendraient pas le déloger.

Soudain, Sistus perçut un mouvement dans son dos. Pivotant, il découvrit deux points rouges qui le fixaient dans le noir.

Le cinquième killer se trouvait à moins d'un mètre de lui. Un tracé laser se matérialisa dans la seconde et la cible activée s'avéra être le front de l'adolescent.

– Désolé, mon gars, dit le killer, mais c'est la fin du voyage pour toi.

Il y eut le bruit sec d'une décharge magnétique d'amplitude deux et Sistus mourut avant même d'avoir touché le sol.

L'instant d'après, le programme de mondiovision bascula sur le plateau de l'émission qui se déroulait en direct temps réel et, tandis que l'animatrice Mélane Cétafore résumait les derniers événements de la soirée, les paroles d'une chanson commencèrent à défiler en bas de l'écran.

Dix petits délinquants espéraient

gagner leur **liberté**

Sistus fut le premier à être **nominé**

D'un faisceau laser dans la tête il fut **éliminé**

Et il ne resta plus que **neuf petits rescapés !**

À la fin du couplet apparut un message en cinq dimensions *(dans les années 2030, les ingénieurs d'une grande firme de plasma-écrans mirent au point un procédé de ionisation sensorielle, permettant ainsi la mise en place d'une cinquième dimension, la dimension olfactive)* qui donnait l'impression de sortir des plasma-écrans dont étaient équipés la plupart des foyers.

Vous pouvez dès à présent télécharger
ce premier couplet sur votre disque matrice
en vous connectant via la prise intramodem
de votre plasma-écran.

Prix de la connexion : 2 énergie-euros/minute. *(Suite à la grande crise pétrolière de 2027, la valeur de la monnaie européenne fut indexée sur l'énergie prédominante du marché boursier, celle-ci étant tour à tour nucléaire, chimique, solaire...)*

1

Deux mois plus tôt.
Lundi 20 avril 2037, 9 heures.
Siège de Réal-TV Europa 29. Huitième étage.
Réunion préparatoire au lancement
d'une nouvelle émission.

Dimitri Sastinov déboula dans la salle de réunion suivi de sa cohorte de collaborateurs, d'assistants personnels, d'attachées de presse et d'intrigants divers. Fidèle à son habitude, il ne daigna saluer aucune des personnes présentes. Visiblement de mauvaise humeur, il se laissa tomber dans le grand fauteuil de cuir rouge placé en bout de table et, sans un mot, tendit la main en direction de la préposée au comptage indiciaire des parts de marché audimétriques.

Cette dernière lui remit aussitôt le dossier qui contenait les chiffres des émissions de la veille, minute par minute. Ces chiffres étaient d'une fiabilité quasi parfaite. En effet depuis 2029 tous les plasma-écrans vendus chez les commerçants agréés État-Maître étaient équipés d'un mouchard et seuls les quelques récepteurs antérieurs à cette époque ou ceux vendus à la ristourne *(Est considéré comme vente à la ristourne tout commerce ne s'acquittant pas de ses taxes à l'État-Maître. Article 2547 du nouveau Code pénal : « La vente à la ristourne est punie de six ans d'emprisonnement. »)* ne rentraient pas dans les bases de données. Soit moins de cinq pour cent du parc télévisuel européen. Une véritable misère.

Sastinov parcourut rapidement les chiffres et eut une moue. Ils n'étaient pas à la hauteur de ses espérances.

– Mauvais ça, très mauvais ! commenta-t-il enfin dans un eurolangage à consonance slave. *(En 2026, les nations regroupées sous la bannière de l'État-Maître décidèrent d'adopter une langue unique afin de favoriser les échanges entre euro-citoyens.)*

Puis il se tourna vers les animateurs-producteurs de la chaîne réunis autour de la table et les dévisagea lentement les uns après les autres.

Dimitri Sastinov était apparu dans le PAE *(Paysage Audiovisuel Européen)* une dizaine d'années auparavant, surgissant du néant mais brassant des énergie-euros par milliards. Il se murmurait en coulisses qu'il avait bâti son immense fortune sur le rachat et la revente des joueurs de l'Euro-Ligue de football. Sastinov avait créé la chaîne câblée payante Réal-TV Europa 29 qui était devenue très rapidement la plus regardée du continent. Ses ambitions étaient démesurées, désormais l'homme d'affaires voulait être numéro un dans le monde.

Chaque foyer digne de ce nom était équipé d'un minimum de trois plasma-écrans dont au moins un écran géant à vision tridimensionnelle. Il n'était cependant pas rare de compter chez les résidents supérieurs *(personnes à fort potentiel d'achat)* un récepteur par pièce.

La programmation de la chaîne restait pourtant des plus basiques. Une émission de téléréalité, entrecoupée par un voire deux tunnels de publicité *(En 2025 fut votée la loi dite « loi de Rigal » du nom de l'euro-député qui la proposa, loi qui limite à treize minutes la durée de chaque tunnel publicitaire et à deux le nombre de tunnels publicitaires par heure)*, une émission de mondio-achat avec livraison sous « trois heures ou remboursé », à nouveau un tunnel publicitaire, une heure de clips avec les « artistes » maison produits par la branche musiques et découvertes de Réal-TV Europa 29, un tunnel publicitaire, et ensuite le cycle reprenait avec une nouvelle émission de télé-réalité.

Quelquefois, une retransmission sportive brisait la monotonie des programmes, les spectateurs étaient alors invités à parier sur les résultats des matchs à partir de terminaux bancaires reliés aux plasma-écrans. Cette pratique, autorisée depuis 2032, avait d'ailleurs fortement contribué à la corruption généralisée des sports professionnels, l'European-Tour de Vélo ayant même dû être interrompu l'année précédente suite à une série de révélations sur des étapes truquées à la demande de certaines chaînes.

Réal-TV Europa 29 fonctionnait 24 heures sur 24.

Lorsqu'un journaliste osait lui demander s'il n'envisageait pas plus d'ambition créatrice pour sa chaîne, Dimitri Sastinov donnait toujours la même réponse :

– Je produis les émissions que réclame le public, mon travail est de satisfaire cette demande. Rien d'autre.

Mais depuis quelques mois, il était inquiet. Le nombre d'abonnés baissait, les parts de marché s'effritaient, l'empire vacillait. Il était temps de réagir.

Sastinov adressa un signe discret à un homme qui se détacha immédiatement du groupe des assistants. Ses cheveux blond oxygéné et ses vêtements aux couleurs criardes contrastaient avec l'allure passe-partout des animateurs-producteurs assis autour de la table.

– Chers collaborateurs, laissez-moi vous présenter monsieur Arthus Gappa *(En 2025, suite à la découverte d'un vaste trafic de visas holographiques, tous les euro-citoyens s'étaient vus rebaptisés de manière aléatoire par un programme-ordinateur. Seules les personnes ayant versé de fortes sommes d'argent à l'État-Maître avaient pu conserver leurs nom et prénom d'origine)*, la personne qui va peut-être apporter la solution à notre chute d'audience…

D'un geste de la main, Sastinov invita le nouveau venu à s'asseoir sur le siège laissé libre à sa gauche.

« Encore un courtisan, pensa Andros Leccha qui était en charge du département des produits dérivés de la chaîne, on verra bien combien de temps il tiendra. »

Andros avait en tête l'histoire de Mélane Cétafore présentée un moment comme la nouvelle animatrice-star de la chaîne et dont Sastinov s'était subitement lassé au bout d'une semaine.

– Il y a quelque temps et dans le plus grand secret, reprit Sastinov, j'ai chargé Arthus Gappa de réfléchir sur un concept d'émission novatrice. Le cahier des charges était simple, je voulais du jamais vu, de l'incroyable ! Au début du mois, Arthus m'a remis son projet et je dois avouer que j'ai bon espoir...

Dimitri Sastinov appela via son oreillette interne une secrétaire-clone. *(Un décret datant du 13 janvier 2029 autorisa l'implantation de citoyens-clones dans la société civile à condition que le taux de remplissage dans les métiers dits de « grande usure » – policiers, enseignants, secrétaires, gardiens de prison... – n'excède pas vingt pour cent.)* Celle-ci arriva presque aussitôt et se fit un devoir de distribuer à chacune des personnes présentes un mini-écran de visionnage ainsi qu'un CD hologramme.

– J'ai fait préparer pour chacun d'entre vous un résumé des grandes lignes du projet appelé *Et à la fin, il n'en restera qu'un !* Je vous prie de l'observer attentivement.

Il y eut ensuite un espace de silence, le temps pour chacun de prendre connaissance du document. Le doigt d'un collaborateur se leva enfin et Sastinov, d'un signe discret de la tête, l'invita à prendre la parole.

– Encore un réal-programme sur la base de l'élimination des concurrents suscités par les votes-impulsions des téléspectateurs ? s'étonna Dorimon Vargas qui, en tant que directeur de messager.com, gérait les appels surfacturés.

Arthus Gappa s'exprima pour la première fois. Il parla lentement en prenant soin d'articuler chaque syllabe :

– Oui, mais contrairement aux autres programmes, il comporte une innovation qui va nous propulser parmi les chaînes les plus regardées de cette planète.

Son apparence chétive et sa voix fluette étaient trompeuses. Le sourire carnassier qu'il affichait de manière quasi permanente ne laissait pas de doute sur sa volonté et son désir de réussite au sein de l'entreprise.

Harmance Gustin, du département musique, s'exprima à son tour.

– Je vois qu'il est question de réunir dix candidats sur une île déserte. Ce genre de programme a connu son heure de gloire il y a bien longtemps, maintenant c'est un peu… comment dire… un peu dépassé, non ?

Arthus ne perdit rien de sa tranquille assurance.

– Prenez le temps de regarder la présentation jusqu'au bout, s'il vous plaît.

Chacun s'immergea de nouveau dans le visionnage du mémo. Ce fut Ornélia Nundy, la responsable de la communication avec les médias, qui rompit le silence pesant qui s'était installé.

– Si ce dont je viens de prendre connaissance se concrétise, je ne suis pas prête d'avoir un jour de congé d'ici longtemps.

Sastinov se tourna vers Arthus.

– Pouvez-vous résumer pour ceux qui n'auraient pas tout compris ?

Arthus se leva et fit craquer les articulations de ses doigts.

– OK, allons-y. Le principe est simple. Nous allons sortir de prison dix mineurs-détenus, cinq garçons et cinq filles, et les réunir sur une île en compagnie d'un professeur, d'un éducateur et d'un psychologue. Toute la semaine, les téléspectateurs pourront suivre les efforts des délinquants pour se réinsérer dans la société et voteront pour leur candidat préféré.

– Rien de très neuf jusqu'à présent, marmonna Andros.

– Ce n'est pas terminé, répliqua sèchement Arthus. Nous n'allons pas prendre n'importe quel détenu, nous allons libérer des peines-perpétuité. *(Suite à la vague de meurtres et d'assassinats qui secoua l'Europe au cours des années 2014-2016, la peine de mort fut remise en pratique pour les adultes ayant commis des crimes de sang. La sanction prévue pour les mineurs étant systématiquement la prison à vie.)* Le candidat qui reçoit le moins de suffrages en fin de semaine est exclu du groupe. Celui qui reste à la fin du jeu se voit offrir la liberté.

– Comme quoi même la liberté a un prix, murmura Harmance.

– C'est bien ce que je disais, poursuivit Andros, rien de très nouveau.

Arthus lui fit signe de patienter d'un geste de la main.

– Nous allons, en échange du droit de participer à l'émission, faire signer aux mineurs-détenus un document qui les émancipe au moment de leur crime.

– Mais dans quel but ? demanda Andros.

– S'ils ne sont plus mineurs au moment du crime, ils deviennent passibles de la peine capitale.

– Le ministère de l'Euro-Justice ne sera jamais d'accord avec un tel tour de passe-passe, avança Dorimon Vargas.

– Ce problème a été réglé en début de semaine avec les services du ministère, intervint Sastinov d'un ton autoritaire, nous leur avons versé une somme substantielle qui permettra, entre autres, d'améliorer l'état de leurs prisons. Ils sont d'accord…

– Et que devient le candidat éliminé, poursuivit Andros, il retourne en prison ? La belle affaire que voici, les téléspectateurs vont décrocher dès la deuxième semaine…

– Monsieur Leccha, sourit Arthus, vous n'avez pas compris. Les concurrents seront soumis à la même sanction qu'un adulte ayant commis un meurtre. Le candidat éliminé le sera aussi physiquement !

– Comment ça physiquement ?

– Tué si vous préférez, abattu, mis à mort, précisa Arthus. La chaîne a obtenu que la peine capitale soit exécutée pendant l'émission.

Arthus Gappa s'interrompit un bref instant, histoire de s'assurer de l'attention de tous, puis il reprit sur le même ton :

– Et ce sont des téléspectateurs tirés au sort qui se chargeront d'appliquer la sentence.

2

Vendredi 29 mai 2037, 10 heures.
Siège de Réal-TV Europa 29. Huitième étage.
Réunion de bouclage de l'émission
Et à la fin, il n'en restera qu'un!
dont le lancement est prévu le 21 juin,
premier jour de l'été.

Pendant plus d'un mois, les réunions s'étaient succédé à un rythme infernal. Les différents responsables-départements de la chaîne avaient focalisé les énergies de leurs directeurs artistiques sur la nouvelle émission.

En préambule au tour de table de ce jour, Dimitri Sastinov donna la parole à Arthus Gappa pour un ultime récapitulatif.

– En ce qui concerne le lieu tout d'abord, notre choix définitif s'est porté sur l'archipel du Frioul au large de la République Libre de Marseille. *(En 2026, un nombre important de communes européennes firent valoir leur droit à l'autonomie. Très peu d'entre elles reçurent l'aval de l'État-Maître. Le 15 juillet 2027, Marseille fut l'une des premières à regagner son indépendance.)* Les candidats seront logés dans le château-prison d'If qui a été immortalisé par Alexandre Dumas dans son livre *Le Comte de Monte-Cristo*. Il y a là-bas assez de cellules pour faire dormir tout le monde, nos équipes sont en train d'aménager l'endroit.

Une main se leva dans l'assistance.

– Oui ?

– Quelles sont les probabilités d'évasion à partir de ces îles ?

– Aucune, répondit Arthus sur un ton définitif, seul Edmond Dantès a réussi l'exploit de s'évader du château d'If et ce n'est qu'un des personnages inventés par Alexandre Dumas !

Des rires fusèrent. Le trait d'humour du jeune concepteur avait eu pour effet de détendre momentanément l'atmosphère.

– Plus sérieusement, reprit-il, les îles du Frioul et d'If sont abandonnées depuis une vingtaine d'années maintenant. La pollution chimique de la mer aux alentours est telle que la durée de survie d'une personne ayant la malchance de tomber à l'eau est inférieure à deux minutes.

– Concrètement, comment cela va-t-il se passer ? demanda une attachée de presse qui venait d'être intégrée à l'équipe.

– Les concurrents seront logés au château d'If où vivront également l'éducateur, la psy et l'enseignant. Nous avons aussi décidé d'engager un cuisinier à plein temps.

– Un candidat avec un ventre plein est un candidat heureux, précisa ironiquement Sastinov.

– Pas de gardes armés pour protéger les adultes ? s'inquiéta quelqu'un dans la salle.

– La question s'est posée, répondit Arthus, mais après réflexion nous n'avons pas jugé leur présence nécessaire.

– Et donc ? insista l'attachée de presse.

– Donc durant la semaine, les candidats vont à l'école, mènent des travaux d'intérêt général, apprennent à gérer les contraintes de la vie en collectivité, ont des épreuves à surmonter, aussi bien physiques qu'intellectuelles, bref que du classique et tout ça sous les yeux d'une centaine de caméras.

Arthus Gappa fit une courte pause afin de se désaltérer. Il en profita pour observer attentivement les collaborateurs présents à la réunion. Tous semblaient très à l'écoute. Cela le rassura, on ne pouvait mettre en place un tel projet que lorsque l'ensemble des partenaires était impliqué à cent pour cent dans l'aventure. Il reposa tranquillement son gobelet vide et poursuivit :

– On a même installé un confessionnal dans la chapelle de la prison où ils pourront venir se repentir de leurs erreurs passées. L'émission sera diffusée en continu sur les différents réseaux du supranet et de 18 heures à 20 heures sur notre chaîne câblée. Il y aura une émission spéciale chaque samedi soir en prime time pour l'élimination du candidat ayant recueilli le moins de voix…

Arthus se tourna ensuite vers Dorimon Vargas, le questionnant du regard.

– Nous sommes prêts, dit ce dernier, les téléspectateurs pourront voter par impulsion téléphonique ou via l'inter et le supranet. Les communications seront surfacturées par le prestataire de services et trente pour cent des sommes récoltées sera reversé à la chaîne. Chaque votant pourra postuler pour une place de killer en répondant à une série de questions pré-enregistrées. Il faudra une quinzaine de minutes pour venir à bout du questionnaire, autrement dit une petite fortune pour l'appelant. Et pour nous par conséquent...

Arthus Gappa parut satisfait. Son sourire carnassier s'agrandit. Il reprit ses explications sur le même ton monocorde qui semblait dénué de tout sentiment humain.

– Le résultat des votes sera annoncé le vendredi soir et le nominé sera transféré le lendemain matin de l'île d'If à l'île Pomègues distante de quelques minutes, ce qui lui laissera toute la journée de samedi pour repérer les lieux, chercher une cachette, tendre des pièges, bref tout ce qu'il jugera utile d'entreprendre pour assurer sa survie. Bien entendu les téléspectateurs seront au premier rang puisque le candidat sera équipé d'une micro-caméra qui filmera en permanence son parcours. Il disposera aussi de deux rations de nourriture et d'une carte détaillée de l'île.

– Les killers auront-ils également cette carte à leur disposition ? demanda une assistante de production après avoir levé la main.

– Oui.

À nouveau des mains se levèrent parmi les assistants. Arthus désigna une jolie brune au tailleur strict.

– Il nous manque justement des précisions à propos de ces fameux poursuivants.

– Le choix des killers sera arrêté le mercredi soir, ils seront ensuite transférés dans le plus grand secret sur l'île Pomègues afin de se familiariser avec sa topographie. Ils y passeront toute la journée de jeudi. Le vendredi, retour sur Paris, où nous leur ferons remplir tous les documents officiels, contrats, assurances... Puis, ils apprendront à se servir de leurs armes, des lunettes de vision nocturne et du matériel de vidéo-transmission dont ils seront équipés. Ils débarqueront à nouveau sur l'île samedi soir dès le début de l'émission. Les téléspectateurs pourront assister à la traque en direct grâce aux micro-caméras placées sur leurs casques.

Une nouvelle question fut posée par un assistant de forte corpulence qui transpirait à grosses gouttes malgré la climatisation.

– Quelles sont les règles exactes de la traque ?

– Je vous ai préparé un mémo-graphique à ce sujet.

Une hôtesse-clone pressa un bouton et une image en trois dimensions surgit du centre de la table de réunion. Quelle que soit la place occupée, le texte était parfaitement lisible.

RÈGLEMENT DU JEU

Article 1 : La traque est officiellement ouverte au moment de la prise d'antenne, soit 21 heures, heure universelle d'euro-diffusion.

Article 2 : La traque est officiellement terminée au moment du décrochage d'antenne, soit minuit, heure universelle d'euro-diffusion.

Article 3 : La traque est menée par cinq euro-killers sélectionnés parmi les votants téléphoniques. Le rôle de killer n'est accessible qu'aux citoyens d'échelon supérieur. *(En 2028, il fut décidé que les euro-citoyens seraient évalués sur une échelle graduée de 0 à 5, prenant en compte des éléments tels que : assiduité dans le travail, soumission à l'autorité de l'État-Maître, niveau de vie, nombre d'infractions routières constatées... Est considérée comme citoyen d'échelon supérieur toute personne atteignant le stade 4 ou 5.)*

Article 4 : Le but de la traque est l'élimination physique du concurrent ayant été nominé.

Article 5 : Une somme de quinze-mille énergie-euros sera versée au killer remplissant le contrat.

Article 6 : Si au moment du décrochage d'antenne, le contrat n'est pas rempli, le candidat sera considéré comme sauvé et réintégrera le château d'If. Il ne sera pas nominable la semaine suivante.

Article 7 : Aucune poursuite en justice ne pourra être envisagée contre le killer ayant rempli le contrat.

– Veuillez noter l'importance de l'article sept, commenta Arthus, nos killers ne risquent absolument rien vis-à-vis de la loi.

Un lourd silence s'ensuivit. Sastinov perçut le malaise et décida immédiatement d'y mettre fin.

– Je donne maintenant la parole à Harmance qui va nous expliquer de quoi sera faite la grande émission de fin de semaine.

Harmance Gustin mit quelques secondes à réagir, elle connecta presque à regret un mini-écran posé devant elle et commença à lire mécaniquement les notes qui défilaient devant ses yeux.

– La traque devrait logiquement couvrir la moitié du programme, soit une heure et demie. Nous avons également prévu deux tunnels de publicité de onze minutes chacun, le tout entrecoupé de reportages sur les concurrents, sur leurs familles, les familles de leurs victimes…

Elle hésita un moment, sembla trouver un second souffle et poursuivit :

– Pour la chanson générique du jeu, nous allons utiliser les paroles d'un des plus célèbres livres d'Agatha Christie, *Dix Petits Nègres*.

La brune en tailleur strict intervint sans demander la parole :

– Je n'ai pas l'honneur de connaître ce livre, que raconte-t-il ?

Harmance dut prendre sur elle pour répondre sans rien laisser paraître de son agacement.

– C'est un roman du siècle dernier. Pour résumer, dix personnes sont réunies sur une île appelée l'île du Nègre. Ces personnes sont mystérieusement éliminées les unes après les autres. À chaque nouvelle disparition, l'auteur ajoute un couplet à la chanson des dix petits nègres. C'est exactement ce que nous ferons…

– Ne risque-t-on pas un procès pour plagiat ? s'inquiéta un avocat stagiaire.

– Nous nous sommes renseignés, répondit Arthus, l'œuvre est tombée dans le domaine public depuis un an environ. *(En 2018, devant la désaffection du public pour les œuvres écrites, la durée du droit d'auteur fut réduite de moitié. Elle passa ainsi de cent ans à cinquante ans.)*

Dimitri se tourna ensuite vers le directeur des produits dérivés.

– À vous cher Andros, qu'avez-vous préparé d'intéressant ?

Andros Leccha s'empara d'une télécommande et appuya sur quelques boutons préprogrammés.

Les stores commencèrent à se fermer automatiquement, plongeant la pièce dans une pénombre sécurisante, un écran surgit du plafond et se déroula jusqu'au sol, enfin un vidéo-projecteur tridimensionnel incrusté dans le mur se mit en marche sitôt l'écran entièrement ouvert.

Andros commenta les images qui défilaient, sur un ton qui se voulait dynamique et enthousiaste.

– Outre le CD-générique que nous allons commercialiser à grande échelle, soit par la vente directe soit en téléchargement payant, nous avons prévu un assortiment de produits à l'effigie des concurrents ou comportant simplement le logo de l'émission. Comme vous le constatez sur les images, sont déjà prêts des tasses, des masques identitaires, des casquettes, des bracelets fluo…

Les images défilaient, laissant apparaître des gammes de produits allant de la serviette de bains au set de table, en passant par les armes de guerre utilisées par les killers et reproduites au format du jouet.

– À propos du CD-générique, nous allons réaliser une première mondiale, déclara Sastinov. Harmance pourrait sans doute nous en toucher deux mots ?

Harmance Gustin toussota.

– En effet, au début le consommateur n'achètera ou ne téléchargera que la matrice du CD composée uniquement de la bande son, ensuite chaque semaine il pourra télécharger, via son plasma-écran, le nouveau couplet de la chanson qui se calera automatiquement sur la musique.

Un murmure d'admiration parcourut l'assistance, quelques personnes applaudirent. Dimitri Sastinov se leva, signifiant la fin de la réunion. Mais il adressa une dernière question à Ornélia Nundy.

– Pour la conférence de presse, la date est calée ?

Ornélia acquiesça sans donner plus de détails.
– Dans ce cas, je ne vous retiens pas, merci à tous, vous avez fait du bon travail !

Arthus Gappa s'apprêtait également à quitter la pièce, mais Dimitri Sastinov lui fit signe d'attendre.
Une secrétaire-clone referma les portes et les deux hommes restèrent seuls.
– Alors, demanda Dimitri Sastinov, comment avez-vous trouvé la réunion ?
– Bien, très bien. Tout le monde semble motivé…
Le directeur de la chaîne secoua la tête de gauche à droite.
– Vous n'y êtes pas du tout mon cher Arthus, la vérité est qu'ils vous détestent, vous et votre satané jeu !
Arthus parut abasourdi par l'information que venait de lui livrer son patron.
– Ils ne diront rien tant qu'ils vous sentiront sous ma protection mais à la première erreur, au premier faux pas, ils s'abattront sur vous avec la voracité d'une meute de hyènes !
– Merci pour l'avertissement.

– Tant que l'audience est bonne, vous êtes mon protégé, lâcha Dimitri, si ça dérape je ne vous connais plus.

– Message reçu cinq sur cinq, murmura Arthus Gappa.

Sastinov prit Arthus par l'épaule et l'entraîna hors de la pièce.

– À propos mon cher Arthus, il faudra me changer le nom de l'émission. *À la fin, il n'en restera qu'un!* est décidément trop long. On devrait pouvoir trouver quelque chose de plus percutant sans trop de problèmes.

Arthus parut surpris.

– Bien, si vous y tenez...

– J'ai eu une idée, poursuivit Sastinov, puisque nous sommes dans l'alibi culturel avec tous ces livres, Alexandre Dumas, Agatha Christie, pourquoi ne pas en remettre une couche avec une allusion à un livre de George Orwell? *1984*, ça vous dit quelque chose?

– Oui, je l'ai lu lorsque j'étais en euro-lycée.

– Que diriez-vous alors d'appeler notre émission *Big brother is watching you*?

Arthus fit mine de réfléchir.

– *Grand frère vous regarde*, mais c'est génial, lâcha-t-il enfin avec un sourire crispé, pourquoi n'y ai-je pas pensé moi-même?

– Parce que c'est moi qui suis génial ! répondit Sastinov sans la moindre ironie.

– Cela dit, poursuivit Arthus, ce titre a le même défaut que le précédent. Long et pas vraiment percutant...

Sastinov grimaça.

– Vous avez raison, admit-il, qu'avez-vous à proposer d'autre ?

La réponse d'Arthus fut immédiate.

– *La Traque* ! C'est un nom parfait pour le jeu.

Déjà Sastinov s'éloignait en lui tournant le dos.

– Eh bien soit, si vous y tenez tant, l'émission s'appellera donc ainsi.

3

Jeudi 11 juin 2037, 17 heures.
Siège de Réal-TV Europa 29. Troisième étage.
Conférence de presse destinée à dévoiler
à l'ensemble des médias le concept
du nouveau jeu de la chaîne, La Traque.

Une heure maintenant qu'Ornélia Nundy faisait face au groupe de journalistes survoltés présents dans la pièce. Elle s'efforçait de répondre d'un ton courtois, ne laissant rien paraître de son agacement face à certaines questions agressives de ses confrères de la presse écrite et parlée.

Phillipin Trola, rédacteur en chef de *L'Euro-Tribune*, leva la main pour obtenir la parole.

– Oui ?

– Si je vous ai bien compris, ce jeu va permettre à des citoyens d'échelon supérieur de commettre un meurtre sans être inquiétés par la justice !

Ornélia Nundy était une professionnelle, elle avait prévu ce type de questions. Sa réponse fut immédiate.

– Je vous rappelle que tous les concurrents se sont rendus coupables de crimes de sang et qu'ils ont signé sans contrainte un document qui les émancipe à l'époque des faits. Ils sont donc passibles de la peine de mort. Réal-TV Europa 29 ne fait que remplir son devoir de chaîne citoyenne et responsable.

Un murmure parcourut l'assistance. Des cris fusèrent.

– C'est un scandale !

– Où est la morale dans tout ça ?

– Télé-poubelle !

– Il n'y a plus de limites...

Ornélia regarda discrètement en direction de Dimitri Sastinov. Ce dernier se tenait au fond de la salle, appuyé contre une colonne. D'un signe de la tête, il lui fit comprendre qu'il était temps de livrer un autre os en pâture aux journalistes.

Ornélia acquiesça d'un clignement des paupières.

– Voici maintenant les adultes qui accompagneront les concurrents dans le château d'If. Je vous ai fait préparer des fiches de presse holographiques que nos charmantes hôtesses vont se faire un plaisir de vous distribuer.

Une dizaine d'hôtesses-clones se mirent en mouvement. Efficaces et silencieuses.

Ornélia patienta le temps que les journalistes visionnent leur fiche, puis elle reprit la parole.

– Les mineurs-délinquants-émancipés seront encadrés par Zuretto Nivel qui est actuellement éducateur dans un foyer de jeunes en perte de repères. Il a trente ans et il est célibataire. Son rôle au château d'If consistera à planifier l'emploi du temps des concurrents, à veiller à la bonne organisation des travaux d'intérêt général et à garantir la sécurité des adultes présents sur le site.

La fiche de Zuretto Nivel montrait un homme de haute stature, aux épaules larges et rassurantes. Les téléspectatrices allaient adorer son physique de play-boy.

– Les cours de remise à niveau seront assurés par Garianne Jossan qui est enseignante dans un collège situé en QENP *(Quartier d'Enseignement Non Prioritaire. Les collèges situés dans ces zones sont destinés à fournir à la société civile des citoyens de niveau 1 ou 2*), autant dire qu'elle a l'habitude des cas difficiles. Elle est mariée, mère d'un enfant naturel et de deux enfants adoptifs. *(Le 13 mai 2026, le Congrès adopta le projet de loi numéro 67541, dite « loi de Rossi », qui limite à un le nombre d'enfants par couple légitime. Le droit d'adoption n'étant pas limité, cette loi eut pour effet de développer le trafic de nourrissons.)* Elle est âgée de trente-sept ans. Outre les quatre heures de classe quotidienne, elle assurera également la correction des devoirs. Elle dispensera des cours particuliers à ceux qui en feront la demande.

Ornélia marqua une pause, mais aucune question n'émanant de l'assemblée, elle poursuivit son exposé.

– Nous passons maintenant à la fiche numéro 3. Celle d'Amaurie Modinore. Amaurie est une psychologue réputée, spécialisée dans l'adolescence. Son livre *Des enfants-tueurs, une réponse adaptée de la société* est une référence en la matière. Amaurie a quarante-deux ans et elle est célibataire. Elle aura en charge le visionnage des séquences dans le confessionnal, assurera un entretien journalier avec les participants et devra contrôler la gestion émotionnelle du groupe. Elle se montrera particulièrement attentive la journée du dimanche, dit « jour de relâche », où les concurrents pourront se détendre, mais auront surtout à évacuer le stress provoqué la veille par la mort probable d'un élément du groupe.

– Comment une psychologue aussi connue peut-elle apporter sa caution à une telle horreur ? fit un journaliste en aparté.

– L'argent, mon pote, lui renvoya un confrère sans même attendre une réponse possible d'Ornélia, l'argent et la notoriété encore plus grande que va lui apporter l'émission.

– Et puis elle écrira un livre sur le sujet une fois l'émission terminée, lâcha un troisième.

Ornélia sourit intérieurement. Andros Leccha avait travaillé à ce projet avec la psychologue, le titre du livre était déjà arrêté.

Elle jugea préférable de ne pas s'attarder et passa directement à la présentation du quatrième et dernier adulte.

– Nous aurons enfin un cuisinier en la personne de Kaderick Astrain. Kaderick a quarante-sept ans, il est divorcé et père de trois enfants naturels qui vivent avec leur mère. *(Les familles ayant eu plus d'un enfant naturel avant le 13 mai 2026 obtinrent l'autorisation exceptionnelle de l'État-Maître de garder leurs enfants supplémentaires.)* Kaderick préparera les repas des occupants du château d'If. Il leur expliquera les bienfaits d'une alimentation saine et équilibrée.

Ornélia s'interrompit le temps de reprendre son souffle. Elle contempla le parterre des journalistes, lisant dans les yeux de la plupart le dégoût que leur inspirait le jeu. Seuls quelques-uns, prévoyant à l'avance les tirages multipliés des journaux qu'ils représentaient, semblaient trouver cela normal et ne paraissaient pas se soucier d'éthique ou de morale.

– Des questions au sujet du personnel encadrant ? demanda Ornélia.

Personne dans l'assemblée ne leva la main.

– Pas de question, bien. Nous allons donc passer maintenant à l'info que vous attendez tous !

Derrière Ornélia Nundy, un rideau de velours rouge s'ouvrit, laissant apparaître une sublime créature aux formes généreuses. Un murmure d'admiration parcourut l'assistance, des journalistes laissèrent même échapper quelques sifflets.

– Bon sang, fit Andros Leccha, pas elle !

Le secret avait été jalousement gardé, seuls quelques rares initiés étaient au courant et Andros découvrait le visage de l'animatrice avec les journalistes présents.

– J'ai l'honneur de vous présenter celle qui animera notre nouvelle émission, j'ai nommé Mélane Cétafore !

L'attachée de presse s'écarta et la jeune femme blonde au sourire éclatant prit sa place. Aussitôt des flashs crépitèrent et les doigts se levèrent parmi les journalistes surexcités. Désormais Sastinov pouvait s'éclipser de la salle, il savait que la partie était gagnée. Dès le lendemain, son concept ferait la une des quotidiens européens et l'effet d'annonce ne ferait que s'amplifier jusqu'au début du jeu.

Il y aurait bien entendu les partisans et les détracteurs de l'émission mais l'audience globale de la chaîne y gagnerait sûrement. Les annonceurs se bousculeraient. Les prix de la seconde de publicité flamberaient. Tout en quittant les lieux, Sastinov se frotta machinalement les mains.

Une vraie bonne soirée s'annonçait.

Andros Leccha n'imita pas son patron, il resta jusqu'à la fin de la conférence de presse véritablement collé sur son siège, se demandant par quel miracle Mélane Cétafore se retrouvait en haut de l'affiche alors qu'il la pensait définitivement grillée.

– Quel effet cela vous fait-il d'être l'animatrice d'un jeu dans lequel on va assassiner des enfants ? lança un journaliste.

La blonde écarta les bras et sourit de toutes ses dents refaites à neuf.

– Je suis très heureuse d'animer ce show, je donnerai le meilleur de moi-même et je suis certaine que le propos de l'émission plaira à un très large public !

Andros se prit la tête entre les mains. Comment pouvait-on tomber aussi bas ?

Mais le plus grave était sans doute encore à venir. Car Andros en était maintenant persuadé, Réal-TV Europa 29 ferait très certainement exploser l'audimat avec *La Traque*.

4

Dimanche 21 juin 2037, 21 heures.
Prise d'antenne.

Alinéa 17 du contrat d'entente liant le ministère de l'Euro-Justice à la chaîne Réal-TV Europa 29 : Les noms des dix concurrents ne seront dévoilés qu'au moment de la première prise d'antenne.

Le cabinet d'avocats représentant le ministère de l'Euro-Justice avait été intransigeant sur cette partie du protocole signé quelques semaines plus tôt. Si bien qu'à soixante minutes du début du jeu, les noms des participants se trouvaient encore enfermés dans une enveloppe hermétiquement scellée, que détenait maître Boulzin Zidenar, huissier de justice à Paris-Centre, l'une des dix-sept euro-capitales rotatives. *(En 2024 fut dressée une liste de dix-sept villes majeures auxquelles fut attribué le rôle d'euro-capitale. La ville est élue pour un an et doit céder sa place à une autre ville à la fin de l'année civile, soit le 31 décembre à 23 h 59, heure légale européenne. Le changement s'effectue suivant l'ordre alphabétique. Ainsi en 2025 la première euro-capitale fut Amsterdam.)*

Durant la nuit du vendredi 19 juin, les troupes spéciales de la police d'État transférèrent dans la plus grande discrétion les détenus-mineurs des diverses prisons où ils purgeaient leur peine vers un lieu tenu secret. Chacun des candidats fut placé dans une cellule de décompression possédant tout le confort nécessaire.

Ils purent s'y restaurer à leur guise, prendre une douche ou encore passer entre les mains d'un coiffeur-relookeur. Sur la table de la cellule, ils trouvèrent une combinaison aux couleurs de la chaîne, leur prénom était imprimé dans le dos, sur les manches se trouvaient les logos des différents sponsors de l'émission. Tour à tour, ils avaient rencontré des journalistes de la chaîne qui les avaient interviewés, photographiés et filmés sous tous les angles. En fin de soirée, les journalistes étaient repartis.

Désormais, les dix adolescents attendaient leur transfert imminent par hélicoptère sur l'île d'If.

Ils ne s'étaient jamais rencontrés par le passé.

Après une première partie d'émission très explicative et un tunnel de publicité, Mélane Cétafore revint à l'écran et, levant les bras au ciel, annonça tout sourire :

– Il est maintenant temps de faire connaissance avec nos candidats !

En régie, sur l'ordre du réalisateur, le chef-opérateur envoya le programme de présentation des concurrents.

Les journalistes n'avaient pas chômé. Ils avaient réussi l'exploit de monter un clip-rétrospective pour chacun des concurrents en une journée et demie, mixant habilement images d'archives des procès, photos de familles, aussi bien des candidats que des victimes, ainsi que les clichés pris au cours de leur entretien en cellule de décompression.

Une voix off masculine commentait les images.

Une photo apparut ainsi qu'un jingle annonçant le premier concurrent.

– Notre candidat numéro un se nomme Sistus. Il est âgé de seize ans. Il a été arrêté suite à l'assassinat d'un couple de pharmaciens dont il avait braqué l'officine.

Sistus est une véritable boule de nerfs qui n'aime personne et le monde le lui rend bien. Personne ne l'aime. Pas plus ses parents, qui ont depuis longtemps renoncé à comprendre l'attitude de leur fils unique, que les divers professeurs ou éducateurs qui se sont succédé auprès du jeune homme en perpétuelle révolte, ou bien encore les déviants ayant croisé la route du jeune fugueur. Sistus n'a pas de véritables amis, c'est un solitaire. Il affectionne l'idée de ne pouvoir compter que sur lui-même. Et une fois de plus la vie vient de lui donner raison. Voilà à peine un an qu'il a été condamné à la prison à vie, que déjà la chance se présente avec cette émission.

Bonne chance à toi Sistus !

Nouvelle photo, jingle à nouveau.

– Notre candidat numéro deux se nomme Romual. Il est âgé de quatorze ans. Le crime pour lequel Romual a été incarcéré est le meurtre d'un camarade de collège.

Romual est un intellectuel, ses petites lunettes cerclées en attestent. Son regard vif, son front haut, tout chez lui reflète l'intelligence. Brillant élève, issu d'une famille à fort potentiel, il s'est pris en cinquième d'une jalousie terrible envers un nouveau venu qui obtenait de bien meilleurs résultats que lui.

N'admettant pas la supériorité de cet élève, Romual l'a tout simplement assassiné en lui téléphonant. Tandis qu'il lui parlait, il a envoyé des ultrasons à travers l'appareil qui ont dans un premier temps fait éclater les tympans du malheureux, puis causé d'irréversibles dégâts au cerveau.

Très vite Romual s'est vanté d'être l'auteur de cet acte odieux. Le procès hyper médiatisé qui a suivi a montré un enfant confit de certitudes, incapable d'éprouver la moindre émotion, ni le plus petit repentir.

Bonne chance à toi Romual !

Nouvelle photo, jingle à nouveau.

– Notre candidate numéro trois sera Angarade. Elle est âgée de seize ans. Elle a été accusée d'avoir assassiné un professeur d'euro-langage.

Lors d'un premier contact, Angarade peut aisément passer pour une jeune fille modèle. Toujours souriante, prévenante envers les autres et d'humeur égale, elle respire la joie de vivre. Mais ces qualités ne sont que la résultante d'un irrésistible besoin de plaire.

Aussi quand ce jeune professeur d'eurolangage a résisté à ses charmes, elle ne l'a tout simplement pas supporté. Leurs relations se sont terriblement dégradées suite à plusieurs réflexions du professeur devant les élèves de sa classe, lui faisant perdre son statut de star incontournable. Un matin, elle s'est tranquillement levée en plein milieu du cours et lui a planté un tournevis au niveau de la carotide.

Soyez persuadés qu'Angarade fera tout pour vous séduire. Elle sera gentille et charmante comme elle sait si bien l'être lorsqu'elle le désire.

Bonne chance à toi Angarade !

Nouvelle photo, jingle à nouveau.

– Notre quatrième candidate se nomme Bardine. Elle est âgée de quinze ans et elle a assassiné un vigile-clone.

Bardine est atteinte d'une maladie incurable. Elle est kleptomane. Autant dire que les candidats devront se méfier d'elle et éviter de laisser traîner leurs affaires. Elle ne supporte pas les déplacements en hélicoptère et a vomi à plusieurs reprises au cours de son transfert.

Bardine volait des flacons de parfum quand elle a été repérée par un vigile-clone qui lui a barré la route en attendant l'arrivée d'une patrouille de police. Pour son malheur, Bardine ignorait la loi d'exception portant le numéro 415784 HK 241. (*En 2033, devant la recrudescence des atteintes sur la population-clone, le Congrès adopta à l'unanimité une loi stipulant que tout acte criminel envers un clone serait désormais traité au même titre qu'un acte criminel touchant un humain.)*

La jeune fille a assassiné son intercepteur sans le moindre état d'âme.

Bonne chance à toi Bardine !

Nouvelle photo, jingle à nouveau.

– Notre candidat numéro cinq se nomme Harrisson. Il est âgé de dix-sept ans. Le crime qui lui est reproché est le meurtre de son père biologique.

Harrisson n'est sûr de rien, ni d'avoir fait le bon choix en postulant pour ce jeu, ni d'avoir la moindre chance de s'en sortir vivant. Il lui semble en effet logique que les gens hésiteront à voter contre les filles ou les plus jeunes concurrents. Il cumule donc des handicaps de taille, c'est un garçon et aussi le plus âgé des participants, deux bonnes raisons pour être nominé dès la première semaine.

Pourtant il se dégage de lui une impression de sérénité, comme si désormais rien ne pouvait l'atteindre. Comme si, depuis ce soir maudit où il a fracassé le crâne de son père, plus rien n'avait d'importance. Harrisson ne pouvait plus supporter ce père alcoolique qui ne revenait à la maison que pour battre sa mère et lui extorquer le peu d'argent qu'elle parvenait à économiser.

Bonne chance à toi Harrisson !

Nouvelle photo, jingle à nouveau.

– Notre sixième candidate se prénomme Fandiame et elle est âgée de quinze ans. Elle a tué son oncle par empoisonnement.

Fandiame sera notre seule candidate de couleur. C'est une très belle fille, grande et élancée, qui est dotée d'une grâce naturelle. Sa démarche chaloupée et ses yeux verts achèvent de vous terrasser lorsque vous la rencontrez pour la première fois. Le scintillement de ce diamant d'ébène n'a pas échappé à l'oncle chez qui Fandiame avait été placée à la mort de ses parents. Il lui rendait régulièrement visite la nuit lorsque sa femme dormait. Au début, Fandiame n'a rien dit, par peur, par ignorance aussi, mais peu à peu le dégoût l'a submergée. De la mort-aux-rats versée dans le café de son oncle a définitivement mis fin à son calvaire.

Aujourd'hui, Fandiame s'est promis qu'elle ne laisserait plus quelqu'un lui manquer de respect sans réagir. Comme une promesse d'enfance qui ne s'efface jamais avec le temps.

Bonne chance à toi Fandiame !

Nouvelle photo, jingle à nouveau.

– Notre candidate numéro sept s'appelle Polita et c'est la benjamine de notre jeu. Elle n'a que dix ans. Elle a été condamnée pour le meurtre de son cousin âgé de cinq ans.

Polita est donc la plus jeune du groupe, un bébé presque. D'ailleurs elle serre en permanence un ourson qu'une personne bienveillante lui a offert en prison. Un drôle d'ourson qui ne possède qu'un seul bras. La vie de Polita s'est transformée en cauchemar le jour où elle poussait son jeune cousin sur une balançoire. Perdant l'équilibre, ce dernier est tombé en arrière et sa tête a violemment percuté une pierre fichée dans le sol. L'enfant est mort durant son transfert à l'hôpital.

Malgré les supplications désespérées des parents de la fillette, la famille a porté plainte contre Polita, faisant de notre concurrente la plus jeune détenue à vie dans toute l'euronation.

Bonne chance à toi Polita !

Nouvelle photo, jingle à nouveau.

– Notre candidat numéro huit a pour nom Kelitos. Il est âgé de dix-sept ans. Il a tué sa petite amie.

Kelitos a les yeux bleus, des épaules larges et de longs cheveux blonds réunis en catogan. Il plaît aux filles et pourtant il n'en a que faire.

Il n'en a aimé qu'une et il l'a tuée le jour où elle lui a annoncé son intention de le quitter. Depuis, la vie de Kelitos ressemble à un long tunnel obscur, d'où il ne parvient pas à s'extraire. S'il s'est porté volontaire pour ce jeu, c'est que désormais sa vie n'a plus grande valeur à ses yeux. Pourtant il ne peut s'empêcher de sentir un sentiment nouveau se dessiner parfois en lui, un sentiment d'espoir. S'il parvient à sortir vivant du jeu, peut-être pourra-t-il tout reprendre à zéro ?

Bonne chance à toi Kelitos !

Nouvelle photo, jingle à nouveau.

– Notre candidat numéro neuf se nomme Vandromme. Il est âgé de seize ans et a provoqué le décès d'un karatéka au cours d'une compétition sportive.

Vandromme n'a jamais cessé de pratiquer ses exercices d'assouplissement quotidiens, même durant son séjour en prison. Sa bonne condition physique est le baromètre de sa santé morale. Depuis son plus jeune âge, Vandromme pratique les arts martiaux avec une rage féroce qui l'entraîne parfois dans des situations-limites comme le jour où il a livré le combat de trop, ce combat durant lequel il n'a pas su canaliser son énergie. Son adversaire est mort après un coup donné par notre candidat. La Fédération mondiale des sports de combat s'est portée partie civile et Vandromme a été condamné.

Voici Vandromme commençant une série de trente pompes sur un seul bras, il lui faudra en effet être au sommet de sa forme pour affronter les killers. Même armés et à cinq contre un, on ne pourra affirmer que toutes les chances sont de leur côté. Et Vandromme, croyez-moi sur parole, est bien décidé à ne pas se laisser dégommer comme au stand de tir.

Bonne chance à toi Vandromme !

Nouvelle photo, jingle à nouveau.

– Notre dernière candidate se nomme Narvelle. Elle est âgée de seize ans. Le crime qui lui est reproché est l'assassinat d'un policier.

Narvelle a souvent le regard perdu dans le vide. On ne tue pas un représentant de l'ordre sans en payer le prix. Ce prix qu'elle paie depuis plus de deux ans en vivant dans une cellule nauséabonde.

Narvelle se rappelle souvent la phrase que lui soufflait sa mère à l'oreille au moment du coucher : « Je t'aime, je t'aime plus que tout au monde, n'oublie jamais ça ! ».

Elle n'oubliera pas et elle est fermement décidée à remporter la partie pour entendre à nouveau sa mère lui susurrer ces mots.

Bonne chance à toi Narvelle !

5

Dimanche 21 juin 2037, 21 h 30.
Arrivée des candidats.

À vingt et une heures et trente minutes, le chef d'escadre Jolinel Floston reçut le top départ dans son oreillette. Il fit signe à ses hommes de se tenir prêts et informa les deux pilotes d'hélicoptères qu'ils pouvaient lancer les moteurs hydrauliques.

Puis il pressa un bouton vert, libérant ainsi les issues des cages d'isolement. Les hommes de la brigade d'élite pénétrèrent dans le sas d'accueil.

– Allez les enfants en route, dit Jolinel d'une voix sans nuance, c'est l'heure du cirque !

Le spectacle était grandiose. Dans la nuit tombante, des dizaines de projecteurs surpuissants balayaient le ciel de la ville, suivant l'approche des deux hélicoptères. Au bruit des rotors se mêlaient la musique du jeu d'ores et déjà disponible à l'achat et la voix de l'animatrice qui annonçait les temps forts de l'émission. Une foule compacte s'était massée le long de la corniche qui bordait le front de mer, dans l'espoir d'apercevoir les concurrents à leur arrivée.

L'hélicoptère de tête, où se trouvaient les filles, se stabilisa au-dessus de la zone de largage. Une nouvelle voix vint s'ajouter à la cacophonie générale. Le chef d'escadre appelait les concurrentes et les invitait à s'arrimer et se laisser guider pour leur descente sur l'île d'If.

– Concurrente numéro un, Fandiame. Parée pour arrivée sur zone, attendons le top de confirmation.

Une autre voix se fit entendre à l'instant où l'on découvrait sa silhouette à l'écran. C'était celle de Zuretto Nivel, l'éducateur, chargé de réceptionner les participants.

– Je suis prêt, vous pouvez envoyer !

Dimitri Sastinov jeta un œil sur les premiers indices. Depuis la prise d'antenne, l'audience ne cessait de croître, plus de vingt millions de foyers étaient connectés. Les prime time de *La Traque* laissaient espérer une explosion des chiffres. L'affaire s'annonçait bien.

Zuretto Nivel, reproduisant pour la cinquième fois consécutive le même geste, décrocha l'anneau de sécurité du harnais qui ceinturait Bardine.

– Dernier colis livré, vous pouvez quitter la zone.

La voix de Jolinel, à moitié couverte par le bruit des rotors de l'hélicoptère, lui répondit.

– Compris, nous dégageons. Le deuxième arrivage est prévu dans moins d'une minute.

Nivel adressa son plus beau sourire à la nouvelle candidate.

– Bardine, sois la bienvenue sur l'île d'If.

Bardine le foudroya du regard.

– Va te faire foutre, espèce de gros con !

L'éducateur désigna la micro-caméra montée sur son casque.

– Tsss tsss, c'est très mauvais pour ton image ça, ma petite. Des millions de personnes ont entendu ce que tu viens de dire…

– Voilà ce qu'elle te dit mon image, répliqua l'adolescente en tendant son index vers le haut face à la caméra.

– Bon ça suffit maintenant, s'énerva Nivel, rejoins les autres dans la cour intérieure.

Bardine mima un salut militaire en faisant claquer ses talons.

– À vos ordres mon capitaine !

Sastinov jubilait. Les téléspectateurs adoreraient cette furie. La directrice de casting qu'il avait envoyée sillonner les prisons du vieux continent avait fait du bon boulot, tout le monde en aurait pour son argent, l'émission serait un énorme succès. Il n'avait plus le moindre doute de ce côté-là. Un sourire vint se coincer sur le bord de ses lèvres. Il ne fit rien pour l'effacer.

Déjà le deuxième hélicoptère s'annonçait. Nivel courba l'échine pour éviter le phénomène d'aspiration des rotors. Au lointain, montaient les cris de la foule en délire. Plus de cent mille spectateurs étaient massés sur le bord de mer. Même l'OML *(Olympique de Marseille-Libre)* actuellement cinquième de l'Euro-Ligue de football ne parvenait pas à rassembler autant de monde lors des rencontres à domicile.

– Hélicoptère stabilisé, annonça le pilote, on envoie le premier colis.

Kelitos commença sa descente, suivi par un projecteur. Un feu d'artifice éclata dans le lointain.

L'écran de contrôle était partagé en quatre cases bien distinctes. Sur la vignette une, Mélane Cétafore en direct sur le plateau commentait les événements, rappelait les règles du jeu et surtout encourageait les téléspectateurs à voter dès à présent pour leurs favoris.

La vignette deux retransmettait l'image filmée par la caméra fixée sur le casque de Zuretto Nivel, on y suivait l'accueil des nouveaux venus tel que le vivait l'éducateur.

La vignette trois proposait tour à tour une vue panoramique de Marseille, un plan d'ensemble des îles du Frioul, l'arrivée des participants dans la cour intérieure où les attendaient les trois autres adultes, des plans serrés de personnes qui assistaient au spectacle, des interviews de personnalités…

La vignette quatre, enfin, proposait une balade à l'intérieur du château d'If, les visages des dix adolescents au fur et à mesure de leur débarquement, la fiche signalétique des quatre accompagnateurs, ainsi que le programme des journées à venir et les conditions à remplir pour devenir l'un des killers du samedi soir.

Les téléspectateurs pouvaient agrandir chaque vignette plein écran suivant leur désir. Il leur suffisait de taper le numéro de la vignette désirée sur leur télécommande.

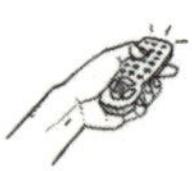

Sistus fut le dernier des garçons à quitter l'hélicoptère. Nivel n'eut pas le temps d'esquisser le moindre geste que déjà l'adolescent avait décroché son harnais par ses propres moyens.

– Bienvenue sur l'île mon gars, lança-t-il tout sourire.

– T'es qui toi ? répliqua sèchement Sistus en ignorant la main tendue par l'éducateur.

– Je m'appelle Zuretto Nivel. Je suis chargé de votre encadrement durant votre séjour au château d'If.

Sistus lui lança un regard noir.

– T'es un flic quoi ! Ou une espèce de vigile ?

– Non, pas du tout, répondit Nivel, je suis éducateur et…

Mais déjà le dernier concurrent filait vers le château d'If.

– Je m'en fous, tant que tu ne me prends pas la tête !

Tout en faisant signe au pilote de l'hélicoptère de quitter la zone, Nivel se demanda soudain ce qu'il était venu faire dans cette galère.

Une nouvelle voix se fit entendre à l'antenne, celle d'Amaurie Modinore, la psychologue du groupe.

– Eh bien voilà ma chère Mélane, nos concurrents sont désormais arrivés, nous allons maintenant procéder en leur compagnie à une visite des lieux.

Brusquement, les quatre vignettes fusionnèrent en une seule image centrée sur l'animatrice.

– Très bien Amaurie, nous vous retrouverons après une nouvelle pause. Et surtout n'hésitez pas dès à présent à voter pour votre candidat favori, n'oubliez pas que sa survie dépend de vous !

Un jingle assourdissant annonça le tunnel publicitaire, le son était automatiquement amplifié, et même en s'enfermant à double tour dans ses toilettes le téléspectateur n'échappait pas aux messages des divers sponsors.

Dimitri Sastinov sortit son dicto à puce. Le son de sa voix déclencha l'enregistrement immédiat.

– Pensez à revoir les tarifs de seconde-publicité à la hausse.

Puis il connecta son oreillette, tandis qu'il observait sur l'écran de contrôle Mélane en train de se faire repoudrer le visage par une maquilleuse.

– Alors ma chérie, tout se passe comme tu veux ?

– À merveille, glousser la blonde animatrice, c'est génial !

– Bon, continue comme ça. Tu souris un maximum et tu rappelles le numéro de connexion-appels toutes les cinq minutes, c'est important.

Étant donné qu'elle était intéressée à hauteur de un pour cent sur les gains audiotel, Mélane n'allait sûrement pas oublier.

– À propos, tu te souviens que j'ai retenu une table à *L'Optimum* après l'émission, ajouta-t-il.

La présentatrice ne put s'empêcher de le taquiner :

– Et ta femme, qu'est-ce qu'elle dit de tout ça ?

– Laisse ma femme tranquille ! la coupa sèchement Sastinov.

Soudain une voix en régie annonça :

– Antenne dans une minute !

Mélane congédia d'un geste la maquilleuse et se concentra sur le texte qui s'affichait déjà sur le prompteur.

– Chers téléspectateurs, vous êtes de retour dans notre émission *La Traque*…

6

Lundi 22 juin 2037, premier jour de jeu.

À huit heures, tous les concurrents furent appelés dans la salle de cours que la production avait aménagée au rez-de-chaussée du bâtiment central. Sistus n'était pas d'humeur joyeuse.

– C'est quoi cette histoire ? En taule je pionçais jusqu'à pas d'heure !

Garianne Jossan, l'enseignante, le reprit sur un ton sévère.

– Surveillez votre langage, nous ne sommes pas dans la rue !

– On sait, commenta Harrisson, le problème c'est que la rue est nettement plus humaine que votre jeu !

Il y eut un éclat de rire général. Nivel tapa dans ses mains pour tenter de ramener le silence.

– Allons jeunes gens, du calme. Mme Jossan va vous exposer ce qu'elle attend de vous…

En régie finale, Arthus Gappa s'adressa au réalisateur.

– Faites-moi un plan serré sur celui qui vient de les faire rire.

– C'est parti, répondit ce dernier.

La micro-caméra placée dans un angle de la pièce zooma silencieusement sur Harrisson.

Pendant ce temps, Garianne Jossan lisait l'emploi du temps à haute voix.

– Le matin, nous ferons une remise à niveau en mathématiques et nous perfectionnerons votre euro-langage. L'après-midi sera normalement consacré à des cours de culture générale, annonça-t-elle.

Une candidate leva la main.

– Oui Bardine, vous voulez poser une question ?

– Pourquoi vous donner tant de mal à nous instruire puisqu'on va tous crever à la fin ? demanda la concurrente, un sourire au coin des lèvres.

Un silence gênant s'installa. Arthus hurla dans le micro de la régie finale :

– Mais qu'est-ce que vous foutez bon sang ! Répondez !

Le message crépita dans l'oreillette d'Amaurie Modinore. Il lui fallait intervenir, c'était son boulot, la production la payait pour gérer ce genre de situation.

– D'abord, vous n'allez pas tous mourir, commença la psychologue d'une voix hésitante, il y aura un survivant, ou une survivante, à qui la société offrira une seconde chance…

Sentant sa collègue s'essouffler, l'enseignante prit le relais :

– Et nous désirons que cette personne parte avec un maximum de connaissances.

– La belle affaire ! murmura Narvelle.

Soudain, Romual se dressa, les deux mains posées à plat sur sa table.

– Eh, un instant ! Nous connaissions tous les règles du jeu lorsque nous avons donné notre accord. Il me paraît incorrect de vouloir les remettre en question une fois que l'émission a commencé.

– Nous ne remettons rien en question, lui répondit Harrisson, nous constatons juste que ce jeu est une belle saloperie.

– N'empêche que saloperie ou pas, ce jeu va permettre à l'un d'entre nous de s'en sortir, s'énerva Sistus.

– Assez perdu de temps, dit Romual, débutez les cours, madame Jossan.

La prof allait ouvrir la bouche, mais la psychologue fut plus rapide qu'elle.

– Attendez, avant de commencer il me semble important que chacun s'exprime sur le sujet.

Elle se tourna vers la jeune Africaine.

– Qu'en pensez-vous Fandiame ? Vous n'avez rien dit jusqu'à présent…

Fandiame s'inclina devant la psychologue.

– Moi y'en a être d'accord avec toi bwana ! Tout ce que dit l'homme blanc est bon pour le pauv'nègre !

La classe éclata de rire. Amaurie Modinore, pétrifiée, fixait la caméra de contrôle. Son regard reflétait la panique totale.

Arthus posa sa main sur l'épaule du réalisateur.

– Vous veillerez à ce que cette séquence soit coupée au montage.

– Bien monsieur, c'est vous qui en prenez la responsabilité ?

Il n'était pas neuf heures et déjà les nerfs du jeune concepteur étaient à fleur de peau.

– Bien entendu, s'emporta-t-il, j'assume mes actes.

Arthus s'éloigna vers la porte de sortie. Après un moment d'hésitation, il revint sur ses pas.

– Euh...

– Oui, demanda le réalisateur, l'œil narquois, que voulez-vous encore ?

Les assistants s'étaient eux aussi figés dans l'attente. Arthus se pencha par-dessus l'épaule du réalisateur et lui murmura à l'oreille :

– Pas un mot de tout ça à M. Sastinov pour l'instant, on est bien d'accord ?

– Du moment que vous assumez, il n'y a pas de problème.

Cette fois-ci, Arthus fila directement vers la sortie. Il marmonnait entre ses dents :

– Pas de problème... Pas de problème... Il faudrait être aveugle et sourd pour ne pas se rendre compte qu'il va y en avoir des problèmes !

7

Jeudi 25 juin 2037,
quatrième jour de jeu.

Au fil de la semaine, les craintes d'Arthus Gappa s'étaient dissipées. Peu à peu, les concurrents les plus rebelles s'étaient pris au jeu, ayant conscience qu'ils risquaient leur vie et que l'opinion des spectateurs-votants serait sans doute déterminante. Après des débuts chaotiques, la vie sur l'île s'organisait. La bonne humeur inaltérable de Kaderick le cuisinier y était pour beaucoup. C'est lui qui, bien plus que la psychologue, servait d'intermédiaire lorsqu'un conflit éclatait entre les candidats.

Sa cuisine ouverte jour et nuit était d'un grand réconfort, plus encore que le confessionnal, quasi déserté, pour les concurrents ayant une faiblesse passagère. Ils pouvaient y faire le plein de nourriture et ils étaient certains d'y trouver une oreille attentive à leurs malheurs.

Très rapidement, sur une idée de Mélane Cétafore, la plupart des adolescents s'étaient vus affublés d'un surnom. Ainsi Vandromme était devenu Mister Kung-Fu tant ses exercices matinaux sur la pelouse du château passionnaient les foules. Ou bien encore Polita qui était surnommée Lolita Baby. D'après divers sondages parus dans la presse, c'est elle qui pour l'instant avait les faveurs du public.

La presse, de manière générale, faisait la part belle à l'émission. Le troisième jour un magazine à gros tirage lui avait consacré sa couverture en titrant :

Des révélations exclusives
sur le nouveau jeu de Réal-TV Europa 29

GARIANNE LA PROF AURAIT
UNE LIAISON SECRÈTE
AVEC ZURETTO L'ÉDUC !

(tous les détails en pages intérieures)

Le soir même, Garianne Jossan avait juré devant des millions de téléspectateurs sur la tête de ce qu'elle avait de plus cher, son fils naturel, qu'il ne s'était jamais rien passé entre elle et Zuretto Nivel, implorant son mari de ne pas croire tout ce que racontaient les journaux.

Curieusement, cette confession avait eu pour effet de donner à l'enseignante la dimension humaine qui lui manquait jusqu'à présent.

Seule la psychologue avait encore du mal à trouver ses marques dans l'émission. Elle s'était opposée un moment à l'idée de Mélane Cétafore, en argumentant que le fait de donner un surnom à quelqu'un revenait à le réduire à une partie de sa personnalité ou de son aspect physique, ce qui n'était pas souhaitable. Sastinov était intervenu personnellement pour apaiser le début de polémique, rappelant au passage à Amaurie Modinore qu'il était l'actionnaire majoritaire du groupe de presse qui éditait ses livres.

Amaurie s'était intelligemment abstenue de tout commentaire et avait laissé l'animatrice développer son idée de surnoms.

Depuis le début du jeu, la psychologue avait observé la constitution de groupes. À ce jour, elle en avait répertorié trois, bien distincts.

Le groupe de ceux qu'elle appelait les « révoltés » était constitué de Fandiame, de Sistus et de Narvelle. Ces trois-là ne faisaient aucun effort pour plaire au public, tout juste s'ils consentaient à participer aux tâches ménagères quotidiennes. Sans parler de leurs résultats en classe qui étaient proches du zéro absolu. D'ailleurs, dès le premier jour, Sistus avait tenté de fuir par la mer, mais il avait rapidement renoncé en constatant que ses pieds brûlaient au contact de l'eau.

Le deuxième groupe était constitué des « absents », ceux qui se contentaient de suivre le cours du jeu, sans tenter de séduire ou de choquer les téléspectateurs. Vandromme, Bardine, Harrisson et Polita en faisaient partie. Ils remplissaient leur part de contrat et le reste du temps ils vaquaient à leurs occupations personnelles. Vandromme pratiquait ses katas sur la pelouse du jardin, Harrisson épluchait les ouvrages de la bibliothèque située au premier étage, Bardine tournait dans le château à la recherche de trucs à barboter et Polita suçait son pouce tout en caressant son ourson manchot.

Dans le dernier groupe enfin, qu'Amaurie Modinore nommait le groupe des « concernés », figuraient Kelitos, Romual et Angarade. Ceux-ci avaient mis au point une stratégie, ils se montraient de manière générale attentifs en cours, respectueux des consignes de vie commune et corvéables à souhait.

Bien entendu ces groupes n'étaient pas définitivement constitués, des passerelles existaient entre eux. Ainsi Romual jouait parfois aux échecs avec Harrisson ou bien encore Fandiame s'occupait de Polita. Un sociologue aurait pu faire de ce terrain d'observation en perpétuelle mouvance un prodigieux sujet de thèse.

La psychologue en était désormais convaincue, Arthus avait négligé un aspect essentiel dans la conception du jeu, l'aspect humain. Les adultes n'avaient pas face à eux dix pions à qui l'on pouvait gentiment demander de s'aligner et de se déplacer suivant les humeurs du moment, non ! Ils avaient face à eux dix êtres humains de chair et de sang, guidés par un instinct essentiel, l'instinct de survie. Les candidats ne se laisseraient pas conduire vers la mort semaine après semaine en continuant de sourire à la caméra. À un moment ils feraient bloc et se rebelleraient.

Amaurie Modinore évoquait ses inquiétudes à chaque bilan de fin de journée, une réunion secrète qui réunissait hors caméra les quatre adultes de l'île et les instances dirigeantes de l'émission. On y faisait le résumé des événements marquants de la journée écoulée et chacun était invité à donner son avis, le brassage d'idées étant supposé servir l'intérêt du jeu. À chaque fois, on faisait comprendre à Amaurie que ses craintes n'avaient aucun fondement.

D'après Arthus Gappa, ces candidats ne fonctionnaient pas avec l'instinct d'une meute de loups, ils étaient des prédateurs solitaires ne regardant pas plus loin que leur propre désir.

– Si vous en savez autant sur la psychologie des adolescents incarcérés, pourquoi avoir fait appel à mes services ? s'était emportée Amaurie Modinore.

La voix de Dimitri Sastinov avait résonné dans les oreillettes, sèche et cassante.

– Vous pouvez toujours vous retirer du jeu, madame Modinore, si vous ne vous jugez plus utile pour l'émission.

Une fois de plus, le débat était clos.

8

Vendredi 26 juin 2037, cinquième jour de jeu.
Première nomination.

À 17 h 50 précises, la voix du régisseur s'éleva dans le soir naissant, relayée par les dizaines de haut-parleurs installés à travers le château.

– Les concurrents ainsi que le personnel d'encadrement sont invités à se rendre toute affaire cessante dans la salle du jugement pour l'émission du soir !

Il y eut un silence, puis la voix se fit entendre à nouveau. Un peu plus chaude que d'habitude.

– Et... Bonne chance à tous.

Harrisson, qui disputait une partie d'échecs avec Romual, esquissa un sourire en se redressant.

– On croit rêver… Bon, il faut y aller Romual. Quelle galère !

Romual se leva à son tour.

– Je ne suis pas inquiet. J'ai fait une semaine de toute beauté, le public a sûrement voté en masse pour moi.

Harrisson ne prit pas la peine de lui répondre et se dirigea d'un pas lourd vers la salle du jugement.

Une heure auparavant, au huitième étage de l'immeuble de Réal-TV Europa 29, s'était tenue la première réunion-bilan de l'émission.

Étaient présents ceux que l'on appelait désormais la « garde rapprochée » de Dimitri Sastinov.

Il y avait Arthus Gappa, concepteur du jeu. Mélane Cétafore, présentatrice de l'émission. Harmance Gustin, responsable du département musique. Dorimon Vargas, gérant de messager.com, une filiale de Réal-TV Europa 29, responsable des appels surtaxés et des téléchargements payants. Andros Leccha qui avait en charge la gestion des produits dérivés et des espaces publicitaires. Ornélia Nundy enfin, qui s'occupait des relations avec la presse et veillait à la bonne visibilité de l'émission.

– Qui ouvre le bal ? lança Sastinov. Je vous préviens, je veux entendre des chiffres qui me fassent bondir de joie !

Harmance leva la main.

– Je commence si personne n'y voit d'inconvénient.

Le directeur l'encouragea d'un signe de la tête.

– Je vous demanderai juste d'être brefs, le direct débute dans moins d'une heure.

– Bien… En ce qui concerne le CD-générique, nous avions effectué une mise en place de vingt millions d'unités. À ce jour, près de sept millions ont été vendus.

– Ce qui laisse espérer un nombre équivalent de connexions pour télécharger le premier couplet de la chanson, compléta Dorimon Vargas.

Dimitri parut satisfait.

– Excellent, nous sommes au-delà de nos prévisions les plus optimistes.

Il se tourna en direction d'Andros Leccha.

– Les chiffres concernant les produits dérivés s'affolent aussi, expliqua ce dernier. Nous faisons un carton avec l'ourson de Polita et les posters de Kelitos s'arrachent comme des petits pains.

Le sourire de Dimitri s'élargit davantage. Il se tourna vers l'attachée de presse.

– La couverture médiatique est totale, annonça Ornélia Nundy, tous les journaux ont évoqué au moins une fois le jeu dans leurs colonnes. Les radios et les télés en parlent également, sans compter supranet où la plupart des forums sont consacrés à notre émission. Il y a même eu un débat à l'euro-assemblée au sujet de la légalité du concept...

Dimitri Sastinov jeta un œil inquiet vers Arthus Gappa. Celui-ci le rassura aussitôt.

– Pas de soucis, nous sommes couverts juridiquement. Tout est légal.

Ornélia reprit son exposé.

– Demain, pour la première traque en direct, nous devrions faire la une de la totalité des euros-quotidiens.

– Parfait ! s'exclama Dimitri. Mélane ?

– Tout se passe bien pour moi, gloussa la présentatrice, et je tiens une fois de plus à vous remercier de la confiance que vous m'accordez...

« Tu parles, pensa Andros, si le patron ne t'avait pas imposée, personne ne voudrait de toi. »

Dimitri Sastinov se tourna enfin vers le concepteur du jeu.

– Arthus ? Faites-nous un point complet sur la situation dans le château.

– Eh bien commençons par les candidats. L'adaptation à la vie en collectivité a été plus difficile pour certains que pour d'autres, mais désormais chacun semble avoir trouvé sa place dans le jeu et ils attendent tous avec angoisse le nom du nominé pour la traque de demain…

– Connaissons-nous déjà le nom de celui qui a été désigné ? demanda Sastinov.

– Oui, ce sera Sistus qui obtient moins de trois pour cent de votes en sa faveur, l'informa Dorimon Vargas.

– En ce qui concerne les adultes, poursuivit Arthus, notre cuisinier fait l'unanimité, l'enseignante et l'éducateur s'en sortent plutôt bien, seule la psychologue a du mal à gagner les suffrages. Cela devrait s'arranger en deuxième semaine.

– Il faut dire que la liaison entre Zuretto et Garianne que nous avons servie à la presse était une idée de génie, précisa Dimitri Sastinov, encore bravo pour cette trouvaille !

Ornélia Nundy inclina la tête en rougissant.

– Dans le domaine technique, continua Arthus, nous avons un petit souci avec des caméras qui ont des coupures intempestives. Nous avons chargé Zuretto Nivel de les réparer au plus vite.

Sastinov s'adressa à Arthus sur un ton qui n'avait rien d'amical :

– Je veux un rapport complet sur ces caméras défectueuses lundi à la première heure !

– Vous l'aurez ! répondit tout aussi sèchement Arthus.

– Est-ce que nous connaissons déjà les killers qui opéreront demain ? demanda Harmance Gustin.

Arthus Gappa sortit un compacteur d'images de son attaché-case.

– Oui, nous avons les noms depuis mercredi soir.

Le jeune concepteur connecta l'appareil et cinq fiches de renseignements apparurent sur la table en verre.

– Il y a un employé de banque, deux commerçants, une profession libérale et un chef d'entreprise. Que des hommes.

– Les femmes ont constitué la grande majorité des appels, précisa Dorimon, mais elles ont été rares à postuler pour une place de killer.

« L'humanité a encore une chance », pensa Harmance.

Sastinov consulta sa montre.

– Bien, tout m'a l'air plus que parfait. Je vous propose à tous de partager une coupe de champagne avant de regagner vos postes pour l'émission de ce soir…

La présentatrice tapa dans ses mains.

– Excellente idée, dit-elle, j'adore les bulles qui pétillent.

9

Mercredi 1er juillet 2037,
deuxième semaine de jeu.

Le début de semaine fut particulièrement éprouvant. Les adolescents étaient sous le choc. L'exécution de Sistus qu'ils avaient suivie en direct dans la salle des retransmissions ne les laissa pas indifférents, même si ce dernier n'était pas particulièrement apprécié. La psychologue avait pourtant insisté pour que les candidats n'assistent pas à l'émission, mais une fois de plus ses conseils n'avaient pas été pris en compte.

La perversion du programme avait d'ailleurs atteint son paroxysme au cours de cette soirée.

On avait filmé les concurrents durant la traque et les journalistes préparaient un sujet intitulé : *Leurs réactions face à la mort de Sistus.*

Conscients du traumatisme collectif, les adultes se montrèrent à la hauteur de leur réputation. Le dimanche, Amaurie reçut longuement chacun des concurrents dans la salle de la parole libérée, la seule pièce qui n'était pas équipée de caméras. Garianne relâcha la pression qu'elle maintenait en permanence sur ses élèves et Zuretto Nivel organisa une série de jeux après les cours du lundi et du mardi. Enfin, la bonne humeur permanente de Kaderick et la qualité de sa cuisine permirent à chacun, sinon de retrouver le sourire, du moins d'évacuer la tension et d'oublier peu à peu les terribles images.

Harrisson découvrit ce qu'il cherchait depuis plusieurs jours en tournant la page soixante-douze du vieux livre qu'il avait posé à plat sur la grande table de la bibliothèque.

– Qu'est-ce qui te passionne à ce point ?

Harrisson sursauta et referma prestement l'ouvrage.

– Rien de spécial, je feuilletais un livre pour passer le temps. Qu'est-ce que tu veux ?

– C'est l'heure du cours de Mme Jossan, on n'attend plus que toi, marmonna Kelitos en quittant la pièce.

Harrisson rejoignit les autres élèves en salle de cours mais il eut du mal à se concentrer sur les graphiques et les explications de la prof. Il ne cessait de repenser à l'importance de sa découverte et espérait que ce sale fouineur de Kelitos n'avait pas repéré le titre du livre qu'il lisait. L'adolescent avait pris soin de remettre le livre à sa place avant de regagner la salle de cours. Il y retournerait dès ce soir. Si ce qu'il croyait possible se révélait juste, alors seulement il en parlerait aux autres.

Harrisson sourit. L'espoir venait de naître.

– Ça suffira pour aujourd'hui, annonça Garianne Jossan. Vous me ferez les exercices six et sept de la page quarante-deux de votre livre de mathématiques. Je vous souhaite une bonne soirée.

On frappa timidement à la porte et la tête du cuisinier apparut dans l'entrebâillement.

– Je vous dérange ? demanda-t-il.

– Pas du tout, répondit l'enseignante, nous venions juste de terminer.

– Je suis passé voir si certains d'entre vous voulaient m'aider à préparer le repas du soir.

Sans hésiter, Harrisson se proposa. Angarade se porta également volontaire.

« Toujours prête à se faire bien voir des téléspectateurs-votants », pensa Harrisson.

Kaderick avait l'air satisfait.

– Parfait, je vous attends tous les deux en cuisine dans dix minutes.

Lorsque Harrisson arriva, Angarade était déjà en train de nouer un tablier autour de sa taille et elle souriait. Il se demanda si ce sourire lui était adressé, puis il se rappela la présence des caméras.

« Un peu de zèle ne fait jamais de mal », se dit-il.

Le cuisinier leur fit signe d'approcher.

– Maintenant que nous sommes tranquilles, je peux vous révéler la véritable raison…

Soudain, Kaderick s'interrompit, hésita puis se dirigea vers un rideau aux couleurs psychédéliques qu'il ouvrit. Là se trouvait un panneau électrique. Il coupa le disjoncteur et le réenclencha aussitôt. Harrisson remarqua que les diodes de contrôle des caméras placées en cuisine ne se rallumaient pas.

– C'est une faiblesse du système, leur expliqua Kaderick. Après une coupure de courant, il faut environ une minute pour que les caméras soient de nouveau opérationnelles. Juste le temps dont j'ai besoin pour vous parler…

« Ça alors, pensa Harrisson, c'est une journée pleine de surprises ! »

Si le défaut était valable pour l'ensemble du château, alors la partie devenait vraiment jouable.

– Hier soir, poursuivit le cuisinier, en parcourant vos fiches personnelles, je me suis rendu compte que Polita fêtera ses onze ans demain…

Angarade cessa brusquement de sourire. Non seulement parce que les caméras ne filmaient plus, mais aussi parce qu'elle venait de réaliser que les téléspectateurs auraient beaucoup de mal à ne pas voter en faveur d'une candidate le jour de son anniversaire, et aussi jeune de surcroît… Plus que jamais Polita apparaissait comme sa plus sérieuse concurrente.

– Nous allons donc lui préparer un gâteau et je vous demanderai de ne rien dire jusqu'à demain soir.

– Pas de problème pour moi, annonça Harrisson.

D'un signe de la tête, Angarade fit comprendre qu'elle était d'accord aussi.

« Si seulement je pouvais y ajouter du poison ! » pensait-elle en réalité.

Les diodes ne s'étaient toujours pas rallumées. Harrisson se dit qu'il devait agir tout de suite. Il inspira profondément et posa la question en prenant son air le plus naïf.

– A-t-on vraiment tout ce qu'il faut pour préparer un gâteau d'anniversaire digne de ce nom ? Aucun hélicoptère n'est venu nous ravitailler depuis trois jours. Et je n'ai pas vu de bateau accoster.

Le cuisinier tomba tête la première dans le piège.

– Ne t'inquiète pas, les ingrédients m'ont été livrés ce matin par un autre mode de transport…

Harrisson n'était pas inquiet, il était même rassuré. Il connaissait le circuit qu'utilisait la production pour livrer les colis urgents. Et il allait leur servir pour quitter cette île maudite.

Il y eut un bip sonore et les diodes des caméras clignotèrent.

– Attention les caméras fonctionnent, annonça Kaderick.

Déjà Angarade était tout sourire.

Pendant le repas, Harrisson se pencha discrètement à l'oreille de Polita.

– Ce soir, réunion dans ma chambre à minuit. Transmets l'information aux autres.

Polita ôta son pouce de la bouche pour l'occasion.

– Ça marche, soupira-t-elle.

10

Jeudi 2 juillet 2037. 0 h 15.
Quartier des dortoirs.

Vandromme fut le dernier à pénétrer dans la chambre d'Harrisson. Polita et Bardine étaient arrivées depuis dix bonnes minutes. Pour patienter, Bardine racontait des histoires drôles et la gamine était aux anges.

– Excusez-moi, j'ai eu un contretemps de dernière minute, dit Vandromme qui se tenait le ventre en grimaçant.

Polita éclata de rire.

– J'ai eu ça il y a deux jours, le rassura Harrisson, c'est parce que ton estomac a du mal à s'habituer. Trop de différence avec la merde qu'on nous servait en prison.

– Ça te passera vite, sourit Bardine, j'y ai eu droit moi aussi !

Vandromme désigna la caméra installée dans un angle de la pièce et fronça les sourcils en direction du maître des lieux. Harrisson comprit sa question muette.

– Elle est coupée. Nivel n'est pas parvenu à identifier l'origine des pannes.

Vandromme s'assit lourdement sur le lit.

– Ça confirme ce que je pensais, cet éducateur est vraiment un gros nul. Alors, quel est le but de cette réunion secrète ?

Harrisson ménagea un silence avant de répondre :

– J'ai trouvé le moyen de nous tirer d'ici.

Quelques minutes plus tard, il leur avait expliqué comment, après de longues heures de recherches dans la bibliothèque, il avait découvert les plans du tunnel sous-marin qui reliait l'île d'If au continent.

– Ce qui m'a mis la puce à l'oreille, dit-il, c'est qu'il n'y avait aucun câble extérieur.

Puis il leur fit part de sa deuxième découverte. Il était possible de couper toutes les caméras d'une même zone en une fraction de seconde.

– Il faut repérer l'emplacement des panneaux électriques, expliqua Harrisson. Polita s'en chargera. Personne ne se méfie d'elle.

Vandromme paraissait sceptique.

– En supposant que nous pouvons couvrir notre fuite en coupant les caméras, qu'est-ce qui nous prouve que le conduit est assez large pour qu'une personne puisse s'y glisser ?

Il était temps pour Harrisson de dévoiler sa troisième trouvaille du jour.

– J'ai appris par le cuisinier que la nourriture n'était pas toujours livrée par hélicoptère.

– Et alors ? demanda Bardine.

– Alors aucun bateau n'a accosté depuis notre arrivée. Le seul moyen d'acheminer du matériel autrement que par hélicoptère ou par bateau, c'est…

– Le conduit sous-marin ! s'écria Polita.

– T'as tout compris, sourit Harrisson.

– Ce qui laisse espérer que le tunnel est praticable, compléta Bardine.

– Exactement, et c'est là que tu interviens, poursuivit Harrisson. J'ai repéré l'entrée du tunnel, aucun code ou système électronique compliqué, juste une vieille porte en bois. À toi de t'emparer de la clé qui ouvre le passage. Sans que personne s'en aperçoive.

– Trop facile, laissa tomber l'adolescente kleptomane, c'est comme si c'était fait.

– Pour résumer, reprit Vandromme, on se taille par le tunnel après avoir éteint toutes les caméras ?

– C'est à peu près ça. En plus on va choisir notre jour.

– Lequel ? demanda Polita.

Harrisson prit un air énigmatique.

– Un jour où tout Marseille aura la tête ailleurs...

Vandromme avait suivi la pensée d'Harrisson et soudain son visage s'illumina.

– Le 15 juillet ! C'est génial ! La ville va fêter ses dix ans de République Libre, Kaderick en a parlé l'autre soir à table. Les rues seront noires de monde, idéal pour passer inaperçus.

– À condition que l'on parvienne à sortir du tunnel, précisa Bardine. Est-ce qu'on en parle aux autres ?

Harrisson marqua un temps d'hésitation qui n'avait, cette fois, rien d'un effet de style.

– Je ne sais pas trop si Kelitos, Romual et Angarade accepteront de nous suivre, ils font de leur mieux pour s'attirer les sympathies du public. En ce qui concerne Fandiame et Narvelle, faut voir...

Vandromme se dirigea vers la porte.

– Il paraît que la nuit porte conseil. On en reparlera demain.

Bardine lui emboîta le pas.

– Bonne nuit Harrisson, fit-elle, on en reparlera demain, mais tu sembles avoir perdu de vue un élément primordial.

– Lequel ? s'inquiéta Harrisson.

– D'ici le 15 juillet, deux autres candidats auront été exécutés.

Harrisson resta sans voix tandis que Bardine s'éloignait dans le couloir. Il demeura seul avec Polita qui serrait son ourson manchot contre elle.

– Et toi, qu'est-ce que tu en penses ?

– J'espère que les prochains nominés ne seront pas l'un d'entre nous, murmura Polita en quittant la chambre à son tour.

11

Samedi 4 juillet 2037, 23 h 17.
Île Pomègues.

Narvelle arrêta de courir et reprit son souffle. Elle pensait très fort à sa mère. Elle pouvait imaginer son visage, le caresser. Elle se revit plus jeune lorsque sa mère lui démêlait ses longs cheveux, Narvelle n'avait jamais été aussi heureuse. Sans s'en rendre compte, elle murmura :

– Moi aussi je t'aime fort, maman.

Puis elle repartit. Il était hors de question qu'ils la rattrapent. Pas maintenant. Dans trois quarts d'heure l'émission prendrait fin et elle serait sauvée. Même pas nominable la semaine suivante. Elle se souvint de la terreur qui l'avait envahie la veille, lorsque Mélane Cétafore avait prononcé son nom. La mort n'était plus une perspective lointaine, elle sentait son souffle froid courir le long de sa nuque.

D'après elle, ils n'étaient plus que trois killers à sa poursuite. Le premier killer avait été mis hors jeu, se foulant une cheville dans les vingt premières minutes de la traque. Le deuxième killer, victime de son poids, n'avait pu suivre le rythme imposé par la jeune fille et avait déclaré forfait. Il était retourné à l'embarcadère où il attendait sagement la fin de l'émission.

Mais les trois killers restants ne paraissaient pas vouloir lâcher prise aussi facilement. Ils s'entêtaient, motivés par la prime de quinze mille énergie-euros. Ils avaient failli la coincer une dizaine de minutes plus tôt le long de la digue de Berry, mais Narvelle était rapide et elle avait réussi à leur filer entre les pattes. Ils la rabattaient vers cap Caveau. Elle l'atteindrait d'ici une trentaine de minutes. Ensuite, il faudrait qu'elle leur échappe durant une dizaine de minutes encore. C'était jouable. Elle en était persuadée.

Soudain des voix s'élevèrent dans la nuit. Des voix qui se répondaient comme un écho.

– Ça ne sert à rien de courir, ma belle !
– Tu ne peux plus nous échapper !
– On va venir te chercher !
– On est là !
– On arrive…

Un frisson lui glaça le bas du dos. Elle se souvint d'une histoire que lui racontait sa mère lorsqu'elle n'était encore qu'une enfant, l'histoire de la chèvre de M. Seguin. Elle voulait voir le monde malgré les avertissements de M. Seguin et elle avait affronté le loup toute la nuit dans la montagne, ne s'avouant vaincue qu'à la première lueur du jour.

Narvelle était la chèvre et les trois loups aux yeux de braise gagnaient du terrain. Elle accéléra la cadence.

Narvelle arriva au bord de la falaise. En bas la mer se fracassait contre les rochers, produisant un bruit assourdissant qui allait certainement couvrir l'approche des killers. Elle appuya sur le bouton de sa montre à impulsions et les chiffres clignotèrent dans le noir. 23:42. Son estimation avait été correcte, seulement dix-huit minutes avant la fin de l'émission, mais le champ de fuite se réduisait considérablement.

Un facteur encore pouvait jouer en sa faveur, les killers allaient se séparer pour tenter d'empocher la prime. À un contre un, elle avait une chance de leur échapper. Faible certes, mais bien réelle, et Narvelle était décidée à la jouer à fond.

Elle entreprit de longer la falaise.

Soudain, il lui sembla entendre un bruit à une dizaine de mètres et elle stoppa sa progression. Retenant sa respiration, elle scruta l'obscurité, sentant une peur panique s'immiscer lentement en elle.

Elle se mordit les lèvres pour ne pas hurler. Le vent violent qui soufflait à la pointe de l'île la faisait tituber et Narvelle avait bien du mal à garder son équilibre. Elle tremblait de tous ses membres, une goutte de sang coula le long de son menton.

Elle décida de reprendre sa marche silencieuse. Elle n'avait pas fait trois mètres qu'un mouvement sur sa droite la fit à nouveau s'immobiliser. Elle s'accroupit afin d'éviter de constituer une cible idéale.

Et tout à coup elle les vit.

Les six points rouges des lunettes à vision nocturne brillaient en face d'elle, lui coupant tout espoir de retraite.

Elle parvint à articuler :

– Vous ne vous êtes pas séparés ? Vous êtes restés ensemble ?

À nouveau les voix se répondirent en écho :

– Surprise !
– On a conclu un accord.
– Cinq mille énergie-euros chacun, c'est déjà pas mal.
– Mieux que si on te laisse filer après minuit !

Narvelle se redressa, elle ne tremblait plus. Elle pensait à sa mère qu'elle ne reverrait pas, elle se rappelait ce flic pourri qui avait abusé d'elle, la menaçant pour qu'elle se taise.

Elle se souvenait du jour où elle l'avait abattu pour venger sa mère.

Narvelle cracha en direction des ombres :
– Allez tous vous faire…

Trois claquements secs retentirent et Narvelle ne put terminer sa phrase. Sous la violence des décharges magnétiques d'amplitude deux, son corps fut propulsé en arrière. Ses mains battirent l'air et la jeune fille bascula dans le vide.

Aussitôt, il y eut un fondu enchaîné et Mélane Cétafore apparut à l'écran tandis que les paroles de la chanson défilaient en incrustation.

Neuf jeunes délinquants espéraient toujours
gagner leur **liberté**
Narvelle fut la deuxième à être **nominée**
De trois impulsions dans le corps elle fut **éliminée**
Et il ne resta plus que **huit petits rescapés !**

Vous pouvez dès à présent télécharger
le deuxième couplet sur votre disque matrice
en vous connectant via la prise intramodem
de votre plasma-écran.

Prix de la connexion : 2 énergie-euros/minute.

La caméra numéro sept réalisa un magnifique gros plan sur Mélane qui souriait de toutes ses dents.

– Quel suspense nous avons vécu pour notre deuxième prime time de traque ! Il s'en est fallu de cinq petites minutes pour que notre candidate arrive vivante au bout de l'émission. Mais encore une fois, les killers ont été les plus forts !

L'animatrice s'approcha du public présent sur le plateau, suivie dans un long travelling par la caméra neuf.

La caméra six prit le relais, filmant la présentatrice en plan large.

– Comment nos concurrents vont-ils se comporter au cours de la troisième semaine ? Et qui sera le prochain nominé ? Réussira-t-il à survivre ? Pour le savoir, restez fidèles à *La Traque* et à Réal-TV Europa 29. On se retrouve dès lundi prochain. En attendant je vous souhaite à tous une agréable nuit…

Et elle agita sa main droite tandis que la caméra neuf se déplaçait pour un dernier plan d'ensemble du public en liesse.

12

Jeudi 9 juillet 2037,
troisième semaine de jeu.

Vandromme soutenait le regard de l'enseignante sans ciller.

– Vandromme, pour la dernière fois je vous demande de vous excuser !

Il se leva lentement. Il la dominait de deux bonnes têtes.

– Aucune chance. Par contre je vais me répéter, au cas où vous n'auriez pas tout capté. Je vous chie dessus. Sur vous et sur vos cours de merde !

Garianne pensa aux avertissements de la psychologue et elle se dit qu'Amaurie était sans doute dans le vrai. Les adolescents n'allaient peut-être pas se comporter en moutons dociles, ils ne se laisseraient pas conduire à l'abattoir sans réagir. Elle appuya d'un doigt tremblant sur le bouton de l'interphone.

– Oui ?

– Zuretto, tu viens ! On a un problème en salle de cours !

– J'arrive...

Vandromme ne put s'empêcher de ricaner.

– Tiens donc, on a laissé tomber le vouvoiement de circonstance pour un tutoiement plus intime. C'est votre mari qui va être content...

Le corps entier de l'enseignante fut parcouru de soubresauts nerveux.

– Vandromme, vous dépassez les bornes, articula-t-elle.

L'adolescent laissa exploser sa fureur.

– Mais c'est vous qui les dépassez ! Vous qui nous enfermez, vous qui nous filmez nuit et jour, vous qui nous traitez comme du bétail, vous enfin qui nous envoyez à l'abattoir ! C'est vous qui êtes indécente, madame Jossan. Vous, pas moi !

À cet instant précis, l'éducateur déboula dans la classe.

– Alors Mister Kung-Fu, on pique sa petite crise ?

Vandromme tendit un doigt menaçant en direction de Zuretto Nivel.

– Toi, tu m'appelles encore une fois comme ça et je t'arrache la tête!

– Du calme, conseilla l'éducateur, n'oublie pas que des millions de spectateurs risquent de ne pas apprécier ton attitude...

– J'en ai rien à faire, ils n'ont qu'à pas voter pour moi s'ils ne m'aiment pas!

Vandromme quitta les lieux, le bousculant au passage. Il claqua la porte tellement fort que le chambranle vibra durant une longue minute et qu'une caméra se décrocha de son support.

Un silence de mort s'installa, Mme Jossan gardait les yeux fixés dans le vide sans bien réaliser ce qui s'était produit. Ce fut Nivel qui prit l'initiative d'abréger les cours pour la matinée.

– OK, je crois qu'on a tous besoin de faire une pause. Vaquez à vos occupations jusqu'à ce qu'on vous rappelle. Ceux qui le désirent peuvent se rendre au confessionnal ou donner un coup de main à Kaderick...

Harrisson n'attendit pas la fin de la phrase, il sortit le premier et rejoignit Vandromme qui s'éloignait au fond du couloir. Il le rattrapa dans l'escalier, là où ils pourraient parler en toute discrétion, l'endroit n'étant pas équipé de caméras.

– Mais qu'est-ce que tu fabriques, tu as envie d'être nominé ou quoi ? Tu as passé la semaine à provoquer tout le monde.

Vandromme était au bord des larmes. Sa lèvre supérieure tremblotait.

– J'en ai marre de tout ce cirque !

– Tu n'as plus que quelques jours à patienter ! Fais-toi oublier…

Des éclats de voix se rapprochèrent, le reste des candidats quittait la salle où la réaction de Vandromme avait été diversement appréciée. Fandiame croisa les deux garçons dans l'escalier, au passage elle posa sa main sur l'épaule de Vandromme. Tout près d'elle se trouvait Angarade qui se contentait d'observer la scène sans prononcer le moindre mot.

– Laisse-moi te remercier, mon gars, susurra-t-elle, logiquement c'était moi la prochaine sur la liste, mais avec ton pétage de plombs tu as sans doute remonté ma cote auprès des bookmakers.

Elle fit une pause, observant la réaction de Vandromme, puis poursuivit :

– Eh oui, c'est comme ça mec. Tu viens peut-être de sauver la peau de la « p'tit négresse » cette semaine !

Fandiame termina sa phrase en imitant l'accent africain. C'était son jeu favori. Elle s'éloigna en agitant ses tresses dans tous les sens. Angarade la suivit, s'obstinant dans son mutisme.

– Il est trop tard pour rectifier le tir, murmura Vandromme, le mal est déjà fait.

– Tu ne vas pas baisser les bras, l'implora Harrisson, pas toi ! Je…

Soudain il se tut, Amaurie Modinore venait d'apparaître au bas des escaliers.

– Vandromme, pouvez-vous m'accorder cinq minutes ?

Vandromme adressa un clin d'œil à Harrisson et laissa échapper dans un soupir :

– Désolé camarade, mais le devoir m'appelle.

La psychologue remonta ses lunettes cerclées de la pointe de son index.

– Suivez-moi jusqu'à la salle de la parole libérée, dit-elle, nous devons parler de votre comportement.

Dimitri Sastinov connecta la ligne directe avec la salle de montage de Réal-TV Europa 29. Ce fut Arthus Gappa qui décrocha.

– Oui ?

– Sastinov à l'appareil.

– Bonjour monsieur Sastinov, que puis-je pour vous ?

– Comment vous dire Arthus... Je viens d'avoir une légère contrariété. La jeune Fandiame a évoqué il y a cinq minutes à peine des paris concernant l'émission. Il y aurait, semble-t-il, une cote officieuse sur les possibilités de survie des concurrents. Des bookmakers, que sais-je encore...

Arthus parut surpris.

– Des paris ? C'est la première fois que j'en entends parler.

– Faites une enquête, je vous prie. Je veux un rapport sur mon bureau d'ici ce soir. Logiquement nous devrions toucher notre pourcentage sur ce genre d'activité...

– Bien monsieur, répondit Arthus en se demandant d'où Fandiame pouvait détenir une telle information, étant donné qu'aucun des concurrents n'avait la possibilité de communiquer avec l'extérieur.

Il y eut un déclic à l'autre bout de la ligne et Arthus raccrocha. Un détail clochait, mais lequel ?

Il rejoignit la monteuse en chef qui préparait des séquences pour l'émission du soir.

– Pouvez-vous me montrer ce qu'il s'est passé il y a cinq minutes au château ?

– Vous pensez à un candidat en particulier ?

– On va chercher du côté de Fandiame, proposa Arthus.

La technicienne envoya les pistes numériques enregistrées et bientôt Fandiame apparut à l'écran. Elle laissa couler l'image tout en commentant :

– La voilà qui quitte la classe en compagnie de cette bêcheuse d'Angarade, c'est juste après l'esclandre de Vandromme. Elles semblent se disputer…

– On a du mal à comprendre ce qu'elles se racontent, dit Arthus d'un ton agacé.

La monteuse fit quelques réglages et les paroles devinrent plus perceptibles.

– C'est bien cela, elles ne sont pas d'accord sur l'attitude de Mister Kung-Fu. Maintenant elles atteignent la cage d'escaliers. On va les perdre, il n'y a ni caméras ni micros dans cette partie du château.

La monteuse passa directement sur la caméra soixante-sept qui balayait la pièce du bas. Ils durent patienter une trentaine de secondes avant de voir apparaître à nouveau les deux filles à l'image.

– Elles se séparent sans dire un mot et…

Elle bascula sur la caméra soixante-douze.

– … Fandiame retourne dans sa chambre.

Arthus Gappa était pensif. Il venait de comprendre l'origine de son malaise.

– Vous cherchiez quoi exactement ? demanda la jeune femme.

– Rien de particulier, c'était juste une intuition. Merci.

Arthus la remercia d'une tape amicale dans le dos.

Et il gagna lentement son bureau, se demandant par quel miracle le président de Réal-TV Europa 29 entendait des propos qui échappaient aux micros les plus sensibles.

13

Samedi 11 juillet 2037, 22 h 47.
Île Ratonneau.

Vandromme s'adossa contre la roche calcaire. Il appuya son pouce contre son poignet droit et il fut aussitôt rassuré. Pas le moindre signe d'affolement pour l'instant, son pouls battait normalement.

L'émission de la veille lui revint en mémoire, lorsque l'animatrice de l'émission avait annoncé le résultat des votes des téléspectateurs et qu'il avait été désigné avec seulement une centaine de voix de moins que le candidat le plus proche. L'espace d'un instant, son regard avait croisé celui de Fandiame. Il ne savait toujours pas ce qu'il y avait lu à ce moment-là. Elle demeurait une énigme pour lui.

Vandromme consulta sa montre, il restait encore plus d'une heure de jeu et, malgré sa vitalité, les killers se rapprochaient lentement, tissant inexorablement leur toile autour de leur proie. Les araignées noires aux yeux rouges attendaient le moment idéal pour frapper.

Vandromme les trouvait étonnamment calmes depuis le début de la traque. Trop calmes.

Avaient-ils reçu des consignes des responsables de la chaîne pour faire durer le suspense et garder le plus longtemps possible les gens scotchés devant leur plasma-écran ? Au moins jusqu'au prochain tunnel de publicité…

Vandromme décida soudain que le jeu avait assez duré. Il les avait attirés exactement là où il voulait qu'ils soient. Le moment de passer à l'attaque sur l'île Ratonneau était venu.

Depuis que l'hélicoptère l'avait déposé, Vandromme avait eu tout loisir de l'explorer et d'en repérer les endroits stratégiques. Juste avant qu'il n'embarque, Bardine lui avait discrètement remis le collant noir qu'elle avait réussi à voler dans la chambre d'Angarade. Les policiers qui assuraient l'escorte avaient négligé de le fouiller sérieusement.

Vandromme possédait aussi un couteau que Bardine avait dérobé deux jours plus tôt dans la cuisine de Kaderick. Cela lui donnait un net avantage sur les « télétueurs » comme les appelait Harrisson.

Deux killers progressaient le long du chemin de pierre.

– Où est-il passé nom d'un chien ? demanda le premier, il s'est littéralement volatilisé !

– Peut-être a-t-il plongé pour tenter de regagner la côte à la nage ? proposa le second.

– Impossible ! L'eau est tellement acide dans le coin qu'il ne ferait pas dix mètres avant de se dissoudre comme un vulgaire cachet d'aspirine.

– Et s'il avait décidé de se suicider ? Histoire qu'aucun d'entre nous n'empoche la prime. Perdu pour perdu…

Le killer de tête stoppa soudain sa progression.

– C'est possible. Il n'a pas arrêté de provoquer les adultes au cours de la semaine, comme s'il avait voulu forcer les gens à ne pas voter pour lui. Il en avait peut-être assez de vivre…

L'homme activa le micro-récepteur dont était équipé le casque de chacun des killers.

– Appel à tous les poursuivants. Ici numéro un, avez-vous repéré le fugitif ?

Il y eut un bref moment de silence, puis des voix crépitèrent dans la nuit.

– Ici numéro trois, négatif en ce qui me concerne.

– Numéro quatre. La cible n'est toujours pas en vue.

– Même chose pour moi, ce n'est pas normal, il devrait être dans notre champ de vision. Il y a quelque chose qui cloche, commenta enfin le killer numéro cinq en abaissant son arme.

Ce fut l'instant que choisit Vandromme pour passer à l'attaque.

Il se tenait tapi dans le noir à moins de trois mètres des killers. Il avait suivi leur avancée, se rapprochant sans cesse d'eux, les frôlant presque, sans qu'à aucun moment les deux hommes soupçonnent sa présence. Il bondit sur le killer le plus proche et d'un geste précis lui planta sa lame dans le cou.

Le second killer eut tout juste le temps d'apercevoir une ombre fondre sur lui que déjà un coup de pied l'atteignait en pleine figure, le projetant violemment au sol.

L'homme sentit des gouttes de sang couler le long de son visage. Ses lunettes de visée, qui avaient explosé sous la force de l'impact, lui avaient lacéré le visage. Malgré la douleur, il se mit immédiatement à rechercher l'arme qui lui avait échappé des mains, progressant à quatre pattes et tâtonnant au hasard du sentier.

La voix de l'adolescent s'éleva dans la nuit.

– C'est sans doute ça que tu cherches ?

Le killer se redressa lentement et se retrouva face à Vandromme qui pointait l'arme dans sa direction. Il l'implora, joignant ses deux mains en prière :

– Pitié, ne me tue pas ! J'ai un enfant qui a ton âge.

« Raison de plus », pensa Vandromme.

Le jeune combattant fixa longuement le killer puis, sans prévenir, il abaissa le canon à hauteur de son genou droit et pressa la détente. La déflagration d'amplitude quatre fit un bruit de tonnerre dans le silence de la nuit. Le killer, telle une marionnette dont on aurait coupé les fils, s'abattit au sol, se tordant de douleur.

– Espèce de salaud ! Tu m'as bousillé le genou !

– Comme ça je suis certain que tu ne m'oublieras jamais, lâcha Vandromme avant de s'éloigner.

Le killer se mordit les lèvres jusqu'au sang pour ne pas hurler. La douleur s'amplifiait, paralysant peu à peu la jambe entière. Soudain, une voix résonna à l'intérieur de son casque.

– Ici numéro trois, j'ai entendu une détonation. Vous l'avez eu ?

Le killer parvint à répondre péniblement.

– Ici numéro deux, c'est lui qui m'a eu... Ce bâtard m'a détruit le genou !

– Et numéro un, quelle est sa position ?

– Une seconde...

Pivotant sur lui-même, le killer éclaira son compagnon allongé à quelques mètres. Le sang sortait à gros bouillons de la carotide sectionnée, mais le corps du killer n'était agité par aucun soubresaut. Il demeurait parfaitement immobile.

– Numéro un est out ! lâcha le killer en fermant les yeux.

Des millions de téléspectateurs médusés assistaient en direct à la scène.

– Où se trouve Vandromme ? demanda le killer numéro quatre.

Numéro deux sentait ses forces l'abandonner, il était sur le point de s'évanouir. Il se concentra pour répondre.

– Il se dirige vers vous, et il a mon flingue avec lui !

Aussitôt, on entendit un appel désespéré.
– Killers en danger ! Venez nous chercher avant que ce fou furieux ne fasse un carton. Grouillez-vous !

L'instant d'après, l'image bascula sur le direct en plateau tandis que débutait la chanson.

Huit ados délinquants espéraient encore
gagner leur liberté
Vandromme fut le troisième à être nominé
De [moyen d'élimination à préciser] il fut éliminé
Et il ne resta plus que sept petits rescapés !

Vous pouvez dès à présent télécharger
le troisième couplet sur votre disque matrice
en vous connectant via la prise intramodem
de votre plasma-écran.

Prix de la connexion : 2 énergie-euros/minute.

Sur le plateau, c'était la stupeur générale. Mélane Cétafore ne parvenait pas à articuler la moindre parole et le blanc d'antenne s'éternisait. Au huitième étage où l'équipe dirigeante s'était rassemblée pour regarder l'émission, tout le monde était pétrifié.

Dimitri Sastinov laissa éclater sa fureur. Son poing s'abattit sur le bureau d'ébène.

– Quel est l'abruti qui a laissé partir le CD-générique ? Appelez la régie immédiatement !

– C'est inutile, il n'y a pas de manipulation humaine sur cette partie du programme, intervint Arthus. C'est un ordinateur qui gère la séquence...

– Le générique démarre automatiquement dès que l'émission revient en plateau, précisa Harmance Gustin.

– Quelqu'un peut-il au moins suggérer à Mélane de combler le vide ? hurla Sastinov. Qu'elle raconte n'importe quoi, mais qu'elle agisse, vite !

D'un revers de la main, il fit voler un cendrier de verre contre le mur. Le cendrier éclata en mille morceaux. Sastinov cracha un dernier ordre avant de quitter la pièce.

– Et envoyez cette foutue pub !

14

Dimanche 12 juillet 2037, 21 heures,
siège de Réal-TV Europa 29.
Réunion extraordinaire des cadres de l'émission.
Y assistent également un membre
de la police d'État et un avocat de la chaîne.

Dimitri Sastinov acheva de résumer les faits survenus la veille.

– … et l'équipe de secours a retrouvé trois killers sur le ponton de l'embarcadère, complètement terrorisés…

– Les idiots, le coupa Andros, ils n'avaient même pas envisagé que le jeu pourrait se retourner contre eux ?

Sastinov le foudroya du regard et le responsable des produits dérivés n'insista pas.

Il réalisait qu'eux aussi n'avaient pas été malins en ignorant totalement ce cas de figure.

– Avant d'intervenir sur l'île, reprit le directeur de Réal-TV Europa 29, les policiers ont préféré attendre minuit, heure légale de la fin de la traque.

– Ils l'ont retrouvé ? s'inquiéta Harmance Gustin.

– Vandromme s'est rendu sans opposer la moindre résistance. Il a été transféré à la prison centrale de la République Libre de Marseille.

– Et les deux autres killers ? questionna à son tour Dorimon Vargas.

Dimitri laissa échapper un soupir.

– Le killer numéro deux boitera toute sa vie, Vandromme lui a détruit le genou, quant au numéro un il était mort lorsque nos hommes l'ont trouvé. Il avait un fils de cinq ans et laisse derrière lui une veuve éplorée...

– ... qui ne manquera pas de nous attaquer pour réclamer des dommages et intérêts, intervint l'avocat.

– Nous paierons ce qu'il faut et très vite ! répliqua sèchement Sastinov, il y va de l'image de marque de la chaîne. Nous saurons nous montrer grands seigneurs, il est hors de question que nous laissions cette famille dans la détresse !

– Est-ce que l'émission… continue ? osa demander Mélane Cétafore.

Arthus Gappa gardait le silence. Curieusement il constatait que la table ronde ne ressemblait en rien à la curée promise par le patron en cas d'échec, les membres de l'équipe ne semblaient pas se liguer contre lui. Donc ce qui était arrivé la veille n'était peut-être pas considéré comme une catastrophe. Et l'espoir demeurait que le jeu se poursuive.

– Ce serait dommage d'arrêter maintenant, hasarda Ornélia Nundy. On fait la une de tous les quotidiens grâce à l'assassinat du killer par notre concurrent.

Sastinov se tourna vers l'avocat.

– Qu'en pensez-vous ?

L'homme de loi prit son temps avant de répondre.

– Deux éléments peuvent jouer en notre faveur…

Il marqua une légère pause pour ménager son effet. C'était l'une des premières techniques que l'on enseignait aux jeunes recrues de l'euro-faculté de droit.

– Premièrement, le meurtre du killer par votre candidat peut être envisagé comme un acte de légitime défense. *(L'article 17.G.9 de la loi dite de Tourneur stipule qu'un euro-citoyen ne pourra être inquiété s'il a commis un crime de sang dans l'unique but de préserver sa propre vie qui était de fait menacée par la personne décédée.)* Ce qui tout naturellement éviterait à Vandromme d'être jugé à nouveau et retenu en prison.

Sastinov se frotta machinalement les mains. L'affaire semblait prendre une bonne tournure.

– Deuxièmement, poursuivit l'avocat, le crime a eu lieu dans la juridiction de la République Libre de Marseille où, comme vous le savez, ne s'appliquent pas les mêmes lois que celles en vigueur dans l'État-Maître.

Il s'interrompit et questionna l'officier de police du regard.

– Vous avez raison, confirma ce dernier, il ne devrait pas y avoir trop de problèmes.

Le policier vida d'un trait le verre d'eau posé devant lui avant de reprendre :

– Nous avons par contre un petit souci du côté des manifestations…

À ce mot, Arthus Gappa sursauta.

– Manifestations, quelles manifestations ? demanda-t-il, soudainement inquiet.

Le policier se tourna, dubitatif, vers Sastinov.
– Il n'est pas au courant, confirma celui-ci, expliquez-lui.
– Depuis le début de l'émission, de nombreux opposants se rassemblent régulièrement dans les rues. Ce qui est arrivé hier soir va très certainement amplifier le mouvement contestataire.
– Pourquoi n'en ai-je rien su ? protesta Arthus qui avait pâli.
– Les médias ont été muselés, expliqua sèchement Ornélia Nundy.
– Et nous avons très rapidement arrêté les leaders du mouvement sous le prétexte de trouble à l'ordre public, ajouta le policier. Suite à ces arrestations, le mouvement s'est quelque peu essoufflé.
Arthus remarqua qu'Andros et Harmance semblaient aussi abasourdis que lui.
– Comprenez-moi, cher ami, lui dit Sastinov, je ne voulais pas qu'une poignée d'agités remette en cause notre entreprise. Il vous fallait continuer à travailler en toute sérénité…
Arthus Gappa ne répondit pas, il songeait juste au nombre de zéros que Dimitri Sastinov avait dû aligner sur le chèque qu'il avait remis au ministère de l'Euro-Police pour s'attacher ainsi sa totale collaboration.

– Alors que fait-on ? insista lourdement Mélane Cétafore. L'émission continue, oui ou non ?

– Bien sûr qu'elle continue, annonça Sastinov en se redressant soudainement. Je peux même vous assurer qu'après l'exploit de Vandromme, nous allons battre tous les records d'audience !

– Ouf, je suis rassurée, susurra la blonde animatrice.

Sastinov passa son bras droit par-dessus l'épaule du fonctionnaire de police.

– Faites ramener Vandromme au plus vite au château d'If !

Le policier approuva d'un signe de la tête.

– Je vous engage à profiter de cette journée de repos, clama Sastinov. Je veux que dès demain tout le monde soit de nouveau sur le pont et en pleine forme.

– Les Américains préfèrent dire : The show must go on ! gloussa la présentatrice.

– Tu parles d'un show, murmura Andros, c'est un véritable massacre...

Personne ne fit cas de la remarque du responsable des produits dérivés.

Dimitri Sastinov s'apprêtait à quitter la pièce, suivi de près par l'avocat et le policier, lorsqu'il se ravisa. Il fit demi-tour et se rapprocha d'Arthus Gappa qui n'avait pas quitté son siège.

– À propos cher ami, j'attends toujours votre rapport…

Mais Arthus ne l'écoutait pas. Ses yeux fixaient le vide.

15

Dimanche 12 juillet 2037 en fin de soirée,
siège de Réal-TV Europa 29.

Une ombre se faufila dans le hall d'entrée désert de la société. Arrivée devant l'ascenseur central, elle hésita un moment puis emprunta les escaliers. Il y avait des caméras de contrôle dans tous les ascenseurs et sa visite nocturne exigeait de la discrétion. Autant ne pas éveiller les soupçons d'un membre du service de sécurité plus zélé que les autres.

L'ombre gravit les étages lentement. Malgré tout, elle parvint au huitième complètement essoufflée.

« Je suis à bout, se dit-elle. Quand cette histoire sera terminée je pars le plus loin possible de cette crasse. »

L'ombre dépassa la salle de réunion où elle se tenait encore quelques heures plus tôt et poursuivit son chemin jusqu'à une autre salle.

Elle y pénétra sans frapper. Un homme se trouvait déjà à l'intérieur. Aucune formule de politesse ne fut échangée, l'ombre commença à parler juste après avoir refermé la porte.

– Ça commence à chauffer sérieusement ! Qu'est-ce qu'on fait ?

L'homme alluma tranquillement un cigare. L'espace d'un instant, la flamme vacillante du briquet illumina son visage.

– Pas d'affolement cher ami, je contrôle parfaitement la situation...

– Je sais ! Ce que je veux dire, c'est que le ministère de l'Euro-Justice va peut-être jeter un œil plus inquisiteur dans nos affaires. Je risque gros si quelqu'un découvre la supercherie !

– N'ayez crainte, le secret est bien gardé. On continue de suivre le plan initial.

L'ombre ne paraissait pas pleinement rassurée pour autant. Le fumeur de havane ajouta :

– Et il y aura même un bonus pour vous à la fin de cette histoire…

Il y eut ensuite un silence durant lequel il recracha la fumée avant de conclure :

– … si tout se passe comme prévu, bien entendu !

16

Mercredi 15 juillet 2037,
château d'If. 23 heures.

Romual dormait depuis plus d'une heure lorsqu'une main le saisit par l'épaule et le secoua vigoureusement.

Il était en train de rêver et crut un instant que cette main intruse appartenait à son rêve. Il se voyait dernier concurrent en vie au château et, à tour de rôle, chacun des adultes venait le féliciter pour son intelligence et sa volonté de se surpasser.

– Merci, merci, murmura-t-il, mais je n'ai fait que ce qu'on attendait de moi.

– Qu'est-ce qu'il raconte cet abruti ? s'étonna Fandiame.

– Ma parole, il délire, rigola Polita.

Vandromme accentua sa pression.

– Allez réveille-toi ! On a perdu assez de temps.

Romual ouvrit les yeux et découvrit le reste des candidats regroupés autour de son lit.

– Qu'est-ce que vous me voulez ? Si vous avez décidé de m'assassiner parce que je suis le meilleur en classe, n'oubliez pas que nous sommes filmés en permanence, dit-il en désignant la caméra dans l'angle de sa chambre.

Harrisson se pencha au-dessus de lui en souriant.

– Nous ne sommes pas filmés en ce moment, mon vieux...

Et il se fit un devoir de tout lui expliquer.

Cinq minutes plus tard, Romual se pinçait pour être certain qu'il ne rêvait plus.

– Si je comprends bien, articula-t-il lentement, tu as découvert l'existence d'un tunnel ?

– Exact, répondit Harrisson. À l'époque où le château a été construit, les passages secrets étaient courants, les gars étaient plutôt paranos si tu vois ce que je veux dire, et j'ai pensé qu'il n'y avait pas de raison pour que ce château échappe à la règle. Je me suis tapé la moitié des vieux manuscrits de la bibliothèque avant de tomber sur le bon.

– J’aurais dû m’en douter, ce n’était pas normal que tu lises autant, soupira Romual.

Fandiame intervint à son tour.

– Le même jour, le cuisinier a confirmé involontairement l’existence du tunnel.

– Et vous êtes en possession de la clé qui ouvre la porte ? demanda Romual en voyant Bardine agiter un petit objet métallique devant son nez.

– Ça a été un jeu d’enfant, personne ne s’est rendu compte de rien !

Romual cherchait toujours la faille à ce plan qui semblait trop parfait.

– Et pour les caméras ? Ils vont vite s’apercevoir de notre absence.

Harrisson reprit la parole.

– Durant la semaine, Polita a repéré les endroits où sont placés les panneaux électriques. Il suffira de les déconnecter momentanément au fur et à mesure de nos déplacements. Le régisseur de surveillance pensera à des microcoupures comme il s’en produit quelquefois.

– Et les quatre adultes, vous y avez pensé ? insista Romual.

– Eux c’est encore plus simple, le coupa Vandromme. À l’heure qu’il est, ils sont au sommet de la tour en train de contempler le feu d’artifice.

À cet instant, Romual perçut les coups de tonnerre et les éclairs qui zébraient la nuit de mille éclats multicolores, et soudain il comprit.

– Le feu d'artifice, mais c'est génial ! s'exclama-t-il, Marseille fête son dixième anniversaire de République Libre !

Romual se tourna brusquement vers Kelitos et Angarade.

– Vous êtes d'accord pour les suivre ?

– Ça m'a l'air d'un plan qui tient la route, répondit Kelitos.

– On n'a pas le choix, murmura Angarade, celui qui restera sur l'île d'If mourra très certainement.

Romual s'extirpa de son lit en ajustant ses lunettes.

– Qu'est-ce qu'on attend pour filer d'ici alors ? dit-il sur un ton moqueur.

Harrisson sourit.

– On n'attendait plus que toi.

17

Jeudi 16 juillet 2037.
1 heure.
Appartement d'Arthus Gappa.

Le jeune concepteur du jeu ne parvenait pas à trouver le sommeil.

Pourtant, la semaine avait magnifiquement débuté. Vandromme, de retour, avait été accueilli en véritable héros par les autres candidats. Du coup, l'atmosphère s'était détendue et les adultes s'en réjouissaient. Tout fonctionnait comme si la mort du killer avait remis les compteurs à zéro. « Balle au centre » aurait dit le père d'Arthus qui était un fan de l'Euro-Ligue de football.

Sastinov l'avait prévu, l'émission battait désormais tous les records d'audience. Les appels surfacturés se comptaient par millions et le nombre de personnes se proposant pour tenir le rôle de killer était en constante augmentation. Mardi, pour la première fois, une femme avait vu sa demande retenue.

Alors pourquoi n'arrivait-il pas à dormir ?

Quelque chose clochait dans le jeu qu'il avait lui-même conçu et Arthus ne parvenait pas à mettre le doigt dessus.

Soudain, la sonnerie du visiophone le fit sursauter. Qui pouvait l'appeler à une heure aussi tardive ? Il hésita à décrocher, puis se dit que c'était sans doute important.

– Je ne vous réveille pas ?

Arthus reconnut le réalisateur sur le mini-écran de son appareil. Il paraissait bien pâle.

– Non, je ne dormais pas. Que voulez-vous ?

– Monsieur, nous avons un gros problème !

– Que se passe-t-il encore ? demanda Arthus d'une voix lasse.

– Ils ont disparu ! Ils ont tous disparu ! s'écria le réalisateur.

Arthus sentit le sol se dérober sous ses pieds.

– Calmez-vous et expliquez-moi clairement la situation.

– Ils ne sont plus là ! Les candidats se sont envolés ! C'est Zuretto Nivel qui s'en est rendu compte. Il avait décidé de faire un dernier tour des chambres avant d'aller se coucher...

Arthus n'en croyait pas ses oreilles.

– Et sur les moniteurs de contrôle, vous ne vous êtes aperçu de rien ?

Le réalisateur toussota légèrement.

– Il y a eu des microcoupures dans la soirée, comme ça arrive parfois. Et puis tout est rentré dans l'ordre. Je n'ai pas voulu vous déranger pour si peu...

– Est-ce que Nivel a tout inspecté ? questionna Arthus qui se sentait gagné par une angoisse monstrueuse.

– Les adultes ont entièrement fouillé le château et le reste de l'île ! Ils n'ont trouvé personne. C'est une véritable énigme.

« Effectivement », pensa Arthus. D'autant que l'armée contrôlait l'espace aérien et maritime des îles du Frioul. Aucun bâtiment ne pouvait s'approcher à moins de cinq cents mètres sans être immédiatement repéré et sommé de s'éloigner.

Arthus cherchait une réponse à ce mystère lorsque le signal de double appel clignota.

– Patientez un instant, on cherche à me joindre.

– D'accord, je reste en ligne.

Arthus appuya sur le commutateur de l'appareil. Il reconnut immédiatement Dimitri Sastinov.

– Arthus, vous étiez en ligne ?

– Euh oui, je parlais à…

Fidèle à son habitude, Sastinov le coupa en plein milieu de sa phrase.

– Écoutez bien ce que je vais vous dire : on est dans la merde ! Les candidats se sont tous taillés !

Arthus faillit s'étrangler. Sastinov était déjà au courant.

– Oui, je sais. Le réalisateur vient de me prévenir.

– Parfait. Je veux que vous contactiez les membres de l'équipe et que vous soyez tous dans mon bureau à trois heures précises, réunion de crise !

Et il raccrocha.

Arthus demeura un instant abasourdi. D'un geste pesant, il bascula à nouveau la communication vers le réalisateur.

– Bon sang ! Qu'est-ce que vous avez foutu ?

Je vous avais pourtant demandé de me prévenir le premier s'il se passait quelque chose d'anormal!

– Mais vous êtes la première personne que j'appelle! s'exclama le réalisateur.

Arthus demeura prostré un long moment dans la pénombre. Une question revenait en boucle dans son esprit. Comment Sastinov s'y prenait-il pour avoir toujours un temps d'avance sur lui?

18

Jeudi 16 juillet 2037.
2 heures.
Dans les cuisines du château d'If.

– C'est à n'y rien comprendre, déclara Zuretto Nivel qui paraissait encore plus abattu que les autres, on a fouillé absolument partout, ils se sont volatilisés !

Garianne Jossan, les yeux rivés sur la table, émit une hypothèse des plus farfelues.

– Peut-être a-t-on affaire à un suicide collectif ? S'ils s'étaient tous jetés à l'eau ?

Elle se tourna vers la psychologue pour solliciter son approbation, mais cette dernière secoua la tête après une courte hésitation.

– Non, ça ne tient pas la route. L'instinct de survie demeure une des données primordiales chez l'être humain. Le fameux « Tant qu'il y a de la vie, il y a de l'espoir ». Il faut chercher dans une autre direction…

– Oui, mais laquelle ? demanda l'enseignante qui était au bord de la crise de nerfs.

Le silence s'installa.

– Vous voulez que je vous prépare quelque chose à manger ? proposa Kaderick dans un désir évident de remonter le moral des troupes.

– C'est sympa, répondit Zuretto, je veux bien !

– Moi aussi, dit Harmance en appuyant sa tête sur l'épaule de l'éducateur.

Amaurie Modinore, devinant l'intention du cuisinier, s'agita soudain.

– Excellente idée ! Je vais vous aider. Qu'avez-vous à nous proposer de bon ?

– J'ai plein de produits frais dans mes frigos. On a été livrés…

Tout à coup Kaderick s'interrompit.

– Que se passe-t-il ? s'inquiéta Zuretto.

Le cuisinier se frappa le front du plat de la main.

– Je suis trop bête ! Pourquoi n'y ai-je pas pensé plus tôt ?

– Pensé à quoi ? questionna la psychologue.

Sans prendre la peine de lui répondre, le cuisinier se leva et se dirigea vers un rideau situé dans un recoin de la pièce. Il l'ouvrit et s'exclama :

– J'en étais sûr ! La clé a disparu !

– Mais de quelle clé parlez-vous ? s'énerva Amaurie Modinore.

Cette fois-ci, Kaderick prit le temps de lui fournir une explication.

– La clé de la porte d'accès au tunnel sous-marin. La production l'a remis à neuf pour y faire transiter du matériel. Question d'économie et aussi de rapidité. C'est par ce chemin qu'ils ont filé, il n'y a aucun doute là-dessus !

Amaurie venait de comprendre.

– Vous voulez dire qu'ils se sont échappés par un tunnel relié au continent ?

– Exact !

– Pourquoi n'étions-nous pas au courant de ce passage ? demanda la prof.

– Chaque chose en son temps, murmura l'éducateur, pour l'instant ce qui importe c'est qu'à l'heure qu'il est nos lascars doivent être loin…

C'est alors qu'un sourire se dessina sur le visage fatigué du cuisinier.

– Pas du tout, ils sont pris au piège.

– Comment ça, pris au piège ? s'étonna Garianne.

Kaderick les regarda à tour de rôle d'un œil malin.

– La production a fait installer au bout du tunnel une sécurité qu'ils ne parviendront pas à franchir ! laissa-t-il tomber enfin.

19

Jeudi 16 juillet 2037. 2 h 10.
Tunnel reliant l'île d'If au port de Marseille.

Ils progressaient lentement à travers le tunnel. L'endroit était faiblement éclairé par une veilleuse tous les cinq mètres environ, et le plafond bas les obligeait à courber le dos. L'eau suintait sur les parois et l'atmosphère étouffante n'arrangeait rien. Romual n'arrêtait pas de parler.

– Savez-vous que c'est sous François Ier que fut construit le château d'If ? À l'origine il était censé protéger les Marseillais des attaques venant de la mer…

– Que quelqu'un le fasse taire, supplia Polita.

– Mais très rapidement les canons de la forteresse furent tournés vers la cité elle-même. C'était un bon moyen de contrôler une ville connue pour sa soif de liberté vis-à-vis du pouvoir central…

– Si on avait un killer sous la main, il pourrait nous en débarrasser, suggéra Bardine.

Cette dernière remarque ne sembla pas atteindre Romual.

– L'endroit est devenu célèbre dans le monde entier parce que sa prison a accueilli un temps le Masque de fer et surtout parce que Alexandre Dumas y a situé le début de son histoire *Le Comte de Mon*…

– La ferme ! le coupa Vandromme, si on t'a emmené avec nous, ce n'est pas pour que tu nous casses les oreilles.

– Ça fait toujours plaisir de se sentir aimé, soupira Romual, mais je calme mon angoisse comme je peux.

Kelitos se tourna vers lui en souriant.

– Toi, angoissé ? Ça m'étonnerait, tu es plus froid qu'un serpent.

– Figure-toi que je n'ai pas l'habitude de crapahuter de nuit dans un passage aussi étroit. En plus, j'ai du mal à respirer !

– Il a raison, confirma Angarade, l'air devient irrespirable.

– C'est parce qu'on s'enfonce de plus en plus, expliqua Harrisson. Ça devrait aller mieux quand nous commencerons à remonter vers la surface.

– Si nous y arrivons un jour, ajouta Vandromme.

Ils continuèrent à avancer. En silence cette fois. Après quelques minutes, Harrisson s'arrêta soudain.

– Il y a un truc bizarre, dit-il en pointant de l'index une lueur verte qui balayait la totalité du goulet d'étranglement une dizaine de mètres plus loin.

– Qu'est-ce que c'est ? demanda Polita en se pressant contre Harrisson.

– Aucune idée, répondit Fandiame, mais ça ne m'empêchera pas de sortir de là.

Et elle se mit en mouvement, prenant la place d'Harrisson en tête du groupe.

Elle s'apprêtait à franchir la ligne verte lorsque la main ferme de Vandromme la retint par l'épaule.

– Un instant Black Beauty, dit-il d'une voix qui ne laissait pas de place à la contestation, tu permets que je vérifie un truc...

Il se tourna vers Polita, toujours serrée contre Harrisson.

– Lolita Baby, tu me prêtes ton ourson ?

Polita hésita, mais Harrisson lui fit comprendre d'un mouvement du menton qu'elle pouvait faire confiance à Vandromme. Après quelques secondes de réflexion, elle lui tendit son ours.

– OK, Mister Kung-Fu. N'oublie pas de me le rendre.

– C'est promis.

Vandromme s'empara de la peluche et la dirigea dans la lumière. Aussitôt, il y eut une odeur de brûlé et l'unique bras de l'ours se retrouva au sol.

– Tu vois, dit Vandromme en tendant la peluche à Polita, je tiens toujours mes promesses.

– Qu'est-ce que ça signifie ? demanda Fandiame, abasourdie.

– C'est une barrière d'énergie, expliqua Harrisson, ça signifie que nous n'irons pas plus loin.

– Comment ça, pas plus loin ? s'inquiéta Angarade.

Harrisson, gagné par un sentiment d'impuissance, venait de s'appuyer contre la paroi et ne trouva pas la force de lui répondre. Ce fut Vandromme qui s'en chargea.

– À moins de finir comme l'ours de Polita, il n'y a aucun moyen de franchir cet obstacle.

Une lassitude extrême s'empara des fuyards. Seul Romual trouva les ressources nécessaires pour râler.

– J'étais certain que c'était une mauvaise idée de vous suivre ! Maintenant, il ne nous reste plus qu'à retourner au château et…

Il suspendit sa phrase un instant, persuadé que Vandromme allait lui sauter à la gorge, mais même ce dernier paraissait anéanti.

– … on sera la risée de millions de téléspectateurs !

Un silence pesant fit suite à cette dernière déclaration. Harrisson se sentait perdu. Comment avait-il pu être assez naïf pour croire qu'il y avait une faille dans une telle organisation ? Les personnes qui dirigeaient Réal-TV Europa 29 n'étaient pas du genre à laisser place au hasard. C'était leur habitude de tout contrôler.

– On a été manipulés, laissa-t-il tomber en regardant ses pieds.

– Comment ça, manipulés ? s'inquiéta Angarade.

– C'est sûrement une stratégie pour faire grimper l'audimat. Tu sais, le style « Tentative d'évasion avortée des concurrents ». Romual a raison, on va tous passer pour des vrais cons !

Soudain, la voix de Kelitos s'éleva :
– Il y a peut-être un moyen.
Harrisson releva la tête.
– Qu'est-ce que tu viens de dire ?
– Je dis qu'il y a peut-être un moyen, répéta Kelitos en s'accroupissant entre les deux petits rails métalliques fixés au sol.

Vandromme reprit espoir à son tour.
– Tu te décides à nous expliquer, ou il faut que je t'oblige à parler ?
Kelitos semblait ne pas avoir entendu la menace, il s'adressa à Harrisson.
– Tu disais qu'ils utilisent ce tunnel pour livrer la bouffe au château ?
– Oui, c'est ce que m'a raconté le cuisinier.
– Alors il y a forcément un système qui permet de déconnecter la barrière d'énergie !
– Tu as sans doute raison, sauf que la commande doit se trouver de l'autre côté.
– Donc il faut que l'un d'entre nous se sacrifie, suggéra froidement Kelitos.
– Qu'est-ce que tu racontes ? s'affola Angarade. Tu délires ou quoi ?
– Non il a raison, confirma Harrisson, c'est notre seule chance !

Vandromme avait du mal à suivre.

– Et si vous nous en disiez plus, histoire qu'on ne finisse pas complètement idiots ?

– Le but de la manœuvre est assez simple, expliqua Kelitos, il s'agit pour le volontaire de traverser le rayon d'énergie le plus rapidement possible, puis de trouver et déconnecter le système avant…

– … de mourir ! laissa tomber Bardine.

– Mais qui serait assez fou pour se porter volontaire ? demanda Romual.

Vandromme s'approcha de lui.

– Et si je prenais notre petit intello et que je le balance à travers le rayon ?

Romual déglutit péniblement.

– Si tu fais ça, je peux t'assurer que je me contenterai de mourir sans esquisser le moindre geste pour couper la barrière.

– Si on tirait à la courte paille ? proposa Polita.

– Un volontaire désigné par le hasard, de mieux en mieux ! ironisa Romual.

À cet instant, Kelitos éclata d'un rire dont l'écho se répercuta contre les parois du tunnel.

– Cessez de vous tourmenter, dit-il enfin, j'ai la solution à votre problème : c'est moi qui vais y aller.

– C'est très courageux de ta part, répondit Harrisson après un court moment de flottement, sauf que je ne suis pas d'accord pour que ça se fasse de cette manière.

– Mais puisqu'il te dit qu'il est volontaire ! protesta Romual.

Vandromme se rapprocha de lui les poings fermés et l'élève modèle jugea préférable de ne plus s'exprimer jusqu'à ce qu'on lui demande son avis.

– Je sais ce que vous pensez tous, reprit Kelitos, mais ce n'est pas un acte de courage de ma part. Je suis condamné !

– La belle affaire, ricana Bardine. On est tous condamnés ici, mon gars…

Kelitos ne lui laissa pas le loisir de terminer sa phrase.

– Moi c'est du sûr ! J'ai une merde au cerveau, une tumeur inopérable. J'en ai pour deux mois maximum !

Cette fois-ci personne ne trouva rien à répondre et Kelitos eut tout loisir de leur raconter son étrange histoire.

Comment quelques mois après son incarcération il avait commencé à ressentir de violents maux de tête. Comment un scanner de contrôle avait révélé la tumeur. Tout le reste n'avait été qu'un concours de circonstances.

Comment la demande de concurrents concernant un jeu télévisuel était parvenue à la centrale et comment le directeur, qui appréciait Kelitos, avait pris sur lui d'omettre certains renseignements aux organisateurs, notamment ceux concernant l'état de santé du jeune homme. Comment enfin la production l'avait sélectionné, sans doute sur sa belle gueule, et comment il s'était retrouvé sur l'île.

– Voilà, vous savez tout ! laissa-t-il échapper à bout de souffle.

Angarade comprenait mieux maintenant l'attitude de Kelitos. Souvent à l'écart du groupe, il demeurait la plupart du temps allongé dans sa chambre. Elle avait bien tenté de le séduire mais devant son désintérêt évident, elle n'avait pas insisté.

Polita s'écarta d'Harrisson et se rapprocha de Kelitos. À sa vue, ce dernier sentit sa volonté fléchir et décida que le moment était venu. Il n'y aurait pas d'adieux larmoyants. Sans un mot, il se précipita à travers la barrière d'énergie.

– NON ! hurla Harrisson.

Vandromme avait bien tenté un geste pour le retenir, mais la vivacité de Kelitos l'avait surpris. Sa main n'accrocha que du vide.

Les secondes s'égrenèrent. Des secondes qui leur parurent des heures.

– C'est foutu, murmura enfin Angarade, il n'a pas eu le temps de trouver le système d'arrêt.

– La ferme, s'énerva Fandiame, tu n'as qu'à y aller puisque tu es si maligne…

Angarade s'apprêtait à lui répondre, lorsqu'il y eut un bruit étrange. La barrière d'énergie s'éteignit comme par enchantement.

– Il a réussi ! s'écria Polita en sautant de joie.

Soudain son cri s'étouffa et son visage n'exprima plus que la terreur. Cinq mètres plus loin, le corps de Kelitos, totalement carbonisé, gisait à terre.

– On y va, annonça froidement Harrisson.

20

Jeudi 16 juillet 2037.
2 h 20.
République Libre de Marseille.

Harrisson sortit du tunnel, jeta un regard alentour puis fit signe aux autres d'avancer.

– Allez, grouillez-vous ! La voie est libre.

– C'est un miracle ! murmura Fandiame. Il n'y a personne pour surveiller l'entrée.

Vandromme était juste derrière elle.

– Je préfère dire la sortie si tu n'y vois pas d'inconvénient.

Polita déboula à son tour. Elle balança son ourson dans les airs.

– Hourra ! s'écria-t-elle. On est libres !

– Quelqu'un pourrait-il l'empêcher de hurler ? demanda Romual en s'extrayant péniblement du boyau. Ce serait trop bête de se faire reprendre maintenant.

Harrisson fit signe à Polita qui leva son pouce au ciel.

Angarade arriva enfin, suivie de près par Bardine qui fermait la marche.

– Tout le monde va bien ? s'inquiéta Harrisson.

Les réponses furent couvertes par l'explosion d'une fusée au-dessus de leurs têtes. Le ciel s'embrasa aussitôt d'une pluie d'étoiles multicolores.

– Ouah, trop beau ! s'exclama Polita.

– Bon suivez-moi, ordonna Harrisson, et tâchez de ne pas vous faire remarquer.

– J'ai dans l'idée que ça va être facile, murmura Angarade en se glissant derrière lui.

Les rues de Marseille étaient en effet noires de monde. Les gens couraient dans tous les sens, chantaient, s'embrassaient et dansaient au-dessous des lampions. Des haut-parleurs montés sur des camions sillonnaient la ville en diffusant de la musique électronique. Des pétards jetés par les passants explosaient régulièrement au-dessus du Vieux-Port.

Les adolescents se mêlèrent rapidement à la cohue générale, formant une farandole improvisée pour ne pas être séparés.

– Que fait-on maintenant ? hurla Angarade à l'oreille d'Harrisson.

– Je connais quelqu'un à Marseille qui pourra sans doute nous aider, lui répondit ce dernier.

Partout dans la République Libre, des caméras observaient la fête, décortiquant le moindre mouvement suspect, traquant le moindre comportement anormal.

21

Jeudi 16 juillet 2037. 2 h 30.
Bureau privé du directeur
de Réal-TV Europa 29.

Dimitri Sastinov sortit un cigare de sa boîte et se dirigea vers le tableau accroché au mur du fond, une scène champêtre pleine de romantisme et d'élégance. Sastinov aimait beaucoup cette vision du monde. Elle lui rappelait un passé à tout jamais perdu. Il craqua une allumette et réchauffa un moment le cigare avant de l'allumer. Puis il aspira une longue bouffée et recracha la fumée à même la toile. Ce petit jeu durait depuis des années. Au fil des mois, le bleu de la rivière et le vert des arbres et de la prairie s'étaient recouverts d'une fine pellicule de tabac qui donnait désormais à la scène un aspect de morne plaine. Le jaune, à l'origine éclatant, du soleil n'était plus qu'une tache marron.

– Encore quelques mois, ricana Sastinov en s'adressant au tableau, et tu auras perdu toute ta beauté.

Puis il appuya sur un recoin du cadre et le tableau pivota, découvrant un plan numérisé de la République Libre de Marseille.

Sastinov tira de nouveau une longue bouffée sur son cigare.

– Ainsi donc, vous êtes parvenus à franchir la barrière d'énergie, soupira-t-il, voilà qui modifie sensiblement mes projets...

Il se rapprocha du plan et souffla lentement la fumée de son cigare sur un traceur clignotant qui progressait lentement le long d'une rue.

– Mais il n'est pas question pour autant que je vous perde de vue ! acheva-t-il en éclatant d'un rire démoniaque.

Fin de la première partie.

Retrouvez
les rescapés de La Traque dans
Le jeu : Game Over

L'AUTEUR

Jean-Luc Luciani vit à Marseille.
Il partage son temps entre l'écriture, l'enseignement et la direction d'une collection pour la jeunesse.
Auteur de nombreux romans, il a puisé la matière de celui-ci dans sa propre expérience de la télévision. Comment un si merveilleux outil de culture et d'enrichissement est-il devenu une machine à abolir la pensée et l'esprit critique ?
Vous pouvez retrouver Jean-Luc Luciani sur son site : http://aujourlejour.free.fr

L'ILLUSTRATEUR

Didier Garguilo est né en 1974 à l'île de la Réunion. Lorsque sa main rencontre un crayon pour la première fois, il découvre une chose merveilleuse : quand la main file droit, elle trace une ligne droite comme un horizon, et lorsque la main tourne, la ligne s'arrondit comme un chat qu'on caresse ! Il tombe amoureux des lignes et n'a cessé d'en tracer depuis, inlassablement.
À dix-neuf ans, il quitte son île pour entamer des études de dessin à l'école Émile-Cohl, à Lyon. Puis il s'installe à Angoulême. Il a travaillé dans le dessin animé avant de se consacrer avec bonheur à l'illustration, et se lance aujourd'hui dans la bande dessinée.

Achevé d'imprimer en France en février 2006
par l'imprimerie Hérissey à Évreux (Eure)
Dépôt légal : avril 2006
N° d'édition : 4303
N° d'impression : 101057